S系厨房男子に餌付け調教されました

CONTENTS

JN209435

MITSU YUME

イラスト／蜂不二子

S系厨房男子に餌付け調教されました

1　始まりは日常

「むふぁ～ふぃへひ～」

　歯磨きをしながらスマートフォンの画面を見つめていた笠原美紗《かさはらみさ》は、謎の声をあげた。

　本当は『キャ～綺麗《きれい》！』そう叫んだつもりだったが、あいにく口の中は歯磨き粉でいっぱいだ。

　美紗が見ているのは最近話題の写真をメインにアップする〝デイリースナップ〟というSNSで、若者たちの間では略して〝デリップ〟と呼ばれている。

　若者を中心に人気に火がついたが利用者の年齢は幅広く、日常の出来事をスマートフォンのカメラを使って気軽にアップできることが特徴のサービスだ。

　ペットの写真や旅先の景色をアップする人、お洒落な食事やお気に入りの雑貨を紹介する人、他にもダイエットの食事記録を残す人や日々のお弁当記録、使い方は百人いれば百人それぞれの楽しみ方ができる。それがデリップの良さだ。

　美紗はデリップを始めて一年ほどだが、まだ思うような写真をアップできないし、思い通りに使いこなせているとは言えなかった。

どちらかというと他の人がアップしたお料理の写真を見る方が好きで、出勤前や昼休みにお気に入りのフォロワーさんをチェックするのが日課になっている。

まるでお洒落なカフェのように盛り付けられたランチプレートや旅館のように品数の多い朝ご飯、カラフルで可愛らしいお弁当などを見ていると時間はあっという間に過ぎてしまう。

写真をアップしている人のほとんどが素人だが、その中にもカリスマユーザーなる人が存在して、美紗には真似できないようなセンスの良い構図やレイアウトの写真がたくさんアップされている。

最近ひとり暮らしをすることになったばかりの美紗も、たまにだが真似をして自炊写真をアップしているが、他のユーザーからの反応も少なく、自分でもあまりいい写真ではないことが十分わかっていた。

スマホ片手に歯磨きを終えた美紗は画面をタップして自分の写真を表示させる。

「ん～なにが違うんだろ……」

いい写真を見たあとでは、自分の料理がさらにパッとしないことがいつもより気になって、思わず眉間に皺が寄ってしまう。

端から見れば、明らかに料理の腕とか盛り付けのセンスとか色々と突っ込みどころがあるのだが、残念なことにそれを指摘してくれる人はいない。

「はぁ」

美紗は溜息《ためいき》をつきながらリビングの時計を見上げ、次の瞬間青くなった。時計が、いつもならとっくに家を出ている時間を指していたのだ。

「ヤバイ！」

慌ててスマホをバッグに放り込み、ソファーからジャケットを摑《つか》んでパンプスを履いた。

駅までは徒歩で八分、走れば五分という好立地の住宅街から飛び出し、息を切らしながら私鉄の通勤快速に駆け込んだ。

「はぁ……間に合ったぁ……」

安堵《あんど》の溜息を漏らすと、なんとか手に入れたつり革のひとつに身体を預け、窓の外の景色に視線を向ける。

ひとり暮らしを始めた頃は桜が咲いていたのに、今は木々が青々として、初夏の気配だ。

美紗が家庭の事情でひとり暮らしを始めて、そろそろ三ヶ月になる。

ひとり暮らしと言っても家を出て部屋を借りているわけではなく、実家にひとり住まいという状態だ。

父は大手商社に勤めており、この春、久しぶりに海外勤務が決まりニューヨークへ行ってしまった。

それまでは美紗や兄の創《はじめ》の学校があるからと、国内外問わず単身赴任をしていたのに、今回は突然母が一緒に行くと言い出した。

確かに子ども二人は就職していて手もかからないと言われればその通りだが、実際には洗濯やお弁当まで母に頼りきっていた美紗には不測の事態だった。

しかしこれが最後の海外勤務になるという父についていきたいという母の気持ちもわかる。結婚期間の半分は転勤で離ればなれに過ごしていたのだ。母は母なりに思うところがあったのだろう。

兄は大手銀行勤務で、昨年からやはり転勤で名古屋に行っており、実家を離れてしまっている。つまり必然的に美紗は実家でひとり暮らしをすることになったのだ。

洗濯は数日に一度まとめてすればいいので、思っていたより困ることはない。しかし日々の食事となると、なかなか大変なのだとこの三ヶ月で嫌と言うほど思い知らされた。

そもそも母と暮らしていたときは、料理のためにキッチンに立つことなどほとんどなかった。母は専業主婦で家事全般をきっちりとこなす人で、だからといって同じことを美紗に求めることがなかったから、それが当たり前のように二十三歳になる今日まで来てしまった。

おかげでお湯は沸かせても出汁はとれず、粉末出汁という便利な存在も知らずに味噌《みそ》だけを溶いた味噌汁を作ってしまう始末だ。

出来合いの惣菜《そうざい》や外食に頼るのにも限界があって、デリップをはじめネットを参考にしながら食事を作っているのだが、思うような仕上がりになったことがない。

（もっとうまくなりたいなぁ……）

いつの間にか地下鉄路線に乗り入れた電車は外の景色が見えなくなり、窓ガラスに映る自分の姿を見つめながら内心溜息をついた。

やはり手っ取り早いのは料理教室かもしれないが、わざわざ仕事のあとや休日を使って通うと思うと、あまり現実的な気がしない。

盛り付けに凝ってみるというのはどうだろう。実家にある器は昔から少しずつ母が集めたものだからデザインが古すぎるのだ。

今風のデザインの器に盛り付けたら、自分の料理も少しはましにみえるかもしれない。

仕事が早く終わったら、デリップのユーザーさんが紹介していた食器屋さんに寄って帰ろう。

美紗の気分が少し浮上したところで、電車は会社の最寄り駅のホームに滑り込んだ。

美紗の勤務する会社は外資系の保険会社で、現在はコールセンターで派遣社員の管理や電話接客を担当している。

昔からある保険会社は外交員があちこちの企業や家庭を回り勧誘をするというスタイルだが、外資系の保険会社は広告を見たお客様が自分からお問い合わせをしてくれるのを待つ。

その大切なお客様を一番最初に接客するのが美紗の勤務するお申込窓口で、企業向けの法人営業部と並び会社の顔とも言える部署だ。

外資系保険のいいところはまず掛け金が比較的安いということだろう。

インターネットとクレジットカードがあれば気軽に申し込みができるから、個人向けに営業する人を雇う人件費の必要がなく、その分お客様に安い掛け金でサービスを提供できるという利点がある。

コールセンターを利用するのはネットでの説明を読み疑問点がある人や、ネットを使いこなせない高齢者が多く、美紗の仕事はそういったお客様の電話対応を扱っていた。

仕事はチームごとに細かくシフトで分かれていて、パソコンが接続された電話の前に五十分間座り、十分間休憩を取るということを繰り返す。間に昼食の時間などを挟むが通常四つのチームでローテーションを組んでいる。美紗はその中のひとつ、Cチームのリーダーだった。

この部署はほとんどが派遣社員で構成されていて、派遣さんの年齢は美紗と同じ二十代ならいい方で三十代、一回り以上年上という人もザラにいる。

まだ入社二年目の美紗に指示を受けることに内心思うところがある人もいるようで、社員とはいえ女性ばかりの職場で気苦労も多かった。

表面的には『笠原さん』とか『美紗さん』と立ててくれるが、美紗よりも勤務年数が長いベテランさんたちが、実質コールセンターの真のボスといった感じだ。

でもそれをうまく扱っていくのも社員としての美紗の仕事なので、派遣さんの機嫌を損ねないよう日々努力をしているのだった。

休憩室に時々差し入れをしたり、お弁当の時間などに小さな不満を聞くのも仕事のうちだ。

一ヶ月近く研修をして雇っているのだから、派遣社員を簡単に辞めさせるなと上司からはきつく言い含められている。

じゃあ自分の愚痴を聞いてくれるのは誰だろうと考えることもあるけれど、それを考えてしまうともう会社に行きたくなくなってしまいそうで、いつからか会社では自分の感情については鈍感に過ごすことに決めた。

「お疲れさまです」

美紗は今日も派遣さんとコミュニケーションを取るため、お弁当を手に休憩室の扉を開けた。

たまに社員同士で外に出ることもあるけれど、そうでなければこれも仕事だと割り切ってしまうのが一番だ。

「ここ、いいですか？」

長テーブルに固まっているチームのメンバーの端に加わって、持ってきた昼食を広げた。

今日は昨日の夜レトルトの炊き込みご飯の素で炊いたおにぎりとコンビニで買ってきたサラダだ。

母が東京にいた頃は毎朝お弁当を持たせてくれたけれど、さすがにお弁当にまでは手が回らない。

「あら、今日はおにぎり作ってきたのね」

Cチーム真のボスである派遣社員、斉藤雅《さいとうみやび》が美紗の昼食に目を留めた。

斉藤は三十代後半だが若くして出産したそうで、すでに大学生と高校生の息子がいる。

この会社にはもう五年ほど勤務していて、機嫌さえ良ければなにかと美紗の世話を焼いてくれる。

「はい。おにぎりだけですけど。この間教えていただいた、レトルトになってる炊き込みご飯の素で炊いてみました」

「あれ、簡単でしょ？　残ったヤツは炊きたてのうちに冷凍しておけば、お腹が空いたときにレンジで温めるだけだから。私も重宝してるのよ。ほら、うちは男の子二人だからいつもどっちかがお腹空いた～お腹空いた～ってうるさくって、自分で温めるだけで食べられるようにしてあるの」

「わかるわ～男の子って食べるわよね。うちも食費と塾代のために働いてるって感じ」

斉藤のすぐ隣に座っていた女性、赤坂圭子《あかさかけいこ》も同意するように頷《うなず》いた。たしか赤坂は斉藤より年上の四十代で、中学生の息子と小学生の娘がいたはずだ。

派遣さんのプロフィールはチームに入った時点で上司から受け取ってはいるけれど、子どもの年齢までは細かく書かれていない。しかし、学校行事のたびに休みを相談されスケジュールの調整をしているので、嫌でも家族構成に詳しくなってしまうのだ。

「どう？　ひとり暮らしには慣れた？」

すでに食事を終えた斉藤は本気で話をする態勢になったのか、美紗に向かって身を乗り出した。

「あれでしょ。美紗ちゃんなんてずーっとお母さんの手作り弁当だったし、どうせそれが今まで当たり前だと思ってたんでしょ」

「そうそう。綺麗な手してるし、お料理もお洗濯もお母さんにお任せって感じだったものね」

「お恥ずかしいです。ホントお母さんってすごいですね」

さりげなく下げられている気がするが、二人とも美紗に言うふりをしながら自分の家族への愚痴もあるのだ。

美紗のチームには独身や結婚していても子どものいない派遣さんもいるが、彼女たちは斉藤や赤坂とは表面上当たり障りなく付き合いつつ、うまく距離を取っている。

まだ人生経験の浅い美紗は二人にとって格好の餌食なのか、ひとり暮らしを始めた途端あれやこれやと口を出してくるようになった。

親切で言ってくれているのだし、これも派遣さんとの付き合いだと思って享受しているけれど、正直うざったく感じてしまうこともある。

「ダメよ？　親がいないからって彼氏とか連れ込んじゃ」

「そうそう。ご両親が泣くわよ。それに、ひとり暮らしをすると親のありがたみがわかるでしょ」

「はい。本当に母には感謝しかないです。でもうちの母は専業主婦ですけど、お二人ともお仕事されてて子育てや家事もされてるなんてすごいですよ。私、家事と仕事を両立できる自信ないです」

「あら、なんとかなるものよ。ねえ」

「そうよ。レトルトとかスーパーのお惣菜とか手の抜き方は色々あるのよ。ほら、結婚したらアレ買ってもらいなさい。乾燥機つき洗濯機。うちも次壊れたらアレにしたいんだけど」

「でも電気代がかかりそうじゃない？」

「それよね～でも便利さには変えられないでしょ」

「そういえばこの間食洗機を新しくしたんだけど、省エネタイプでね」

二人ともいつの間にか美紗の存在を忘れて、主婦トークに入ってしまった。

美紗はしばらく二人の会話を聞いているふりをしながらお弁当を平らげると、軽く会釈をして席を立った。

昼休みが終わるまでまだ二十分ほどあるから、化粧を直して早めに自席に戻ろう。美紗が腕時計を見てそんなことを考えたときだった。

「美紗さん～」

二十代グループの三人が長テーブルの反対側で手招きをしている。

「お疲れさまです」

長堀《ながほり》さくら、松山光乃《まつやまみつの》、高倉梨花《たかくらりか》の三人は二十代後半の独身三人娘で、美紗とは一番年齢が近い。

「どうしました？」

まさかまた斉藤たちとトラブルがあったとかではないだろうか。この三人は今時の若い女性という感じなので、主婦組の斉藤たちの受けが悪い。

コールセンター内は服装が自由なのだが、あるとき斉藤が三人の派手な服装を注意したことがあったのだ。

その日は仕事のあと合コンに行く予定だったらしく、三人とも気合いの入った服装だっただけなのだが、それがボスの癇《かん》に障ったらしい。

その時は美紗の先輩が間に入ってくれて事を収めてくれたのだが、それ以来お互いが意識して、時には美紗に愚痴をこぼすことがある。

今度はなにがあったのだろうと、内心憂鬱になったときだった。

「あのね。隣の法人営業部の本橋《もとはし》さんのことなんだけど」

「本橋さん、ですか？」

心配した方向の話ではないことにホッとしつつ、三人と本橋の接点を思い浮かべる。

法人営業部はコールセンターと同じフロアにあり、部署がパーテーションで仕切られているだけなので、休憩や化粧室に行くときは必然的に法人営業部の前を通ることになる。

しかし会話をする機会はほとんどないはずで、実際同じ社員同士の美紗でも挨拶程度しか口をきいたことがない。

先輩たちの話では本橋圭輔《けいすけ》は、バリバリ仕事のできる法人営業のエースで、仕事に厳しいタイプだと聞いている。

それは女性に対しても同じのようで、法人営業部で事務をやっている同期は、入社当初ミスを厳しく指摘されて、泣かされてしまったことがあった。

一度社員同士の飲み会で近くの席になったことがあるが、その時はなんだか料理が気に入らなかったのか、幹事に次は違う店にしろと店員の前で堂々と文句を言っていた。

あれを見て、イケメンでも残念な人だと思ったのだ。

「ねえねえ。本橋さんって彼女とかいるのかな」

「……は？」

松山の単刀直入な質問に、美紗は一瞬言葉を失った。

「社員さんの間で、そういう話しないの？　本橋さんってカッコいいじゃない」

「うんうん。美紗さん、今度飲みに行きませんか？　って誘ってみてよ。美紗さんカワイイし若いし、絶対ＯＫしてくれると思うんだけど」

「彼って仕事もできるし、イケメンだし、大手企業だし、絶対将来安泰よね」

畳みかけるような言葉に、曖昧に頷く。

確かにスーツをピシッと着こなしていて、素敵な人だとは思うけれどあまり彼氏にしたいタイプとは思えなかった。

美紗としてはバリバリと仕事に没頭する男性より、休日には並んで料理をしたり、二人で相談しながら雑貨を選んだり、日々の生活を一緒に楽しめるような人がいい。

客観的に容姿だけ見れば素敵だと思うけれど、本橋は美紗の理想の男性像とは違うような気がした。

「じゃあ法人営業に同期がいるので、今度それとなく聞いてみますね」

「おねがーい！」

今の返答で間違っていなかったらしい。仕事の時よりもさらに高い嬉《うれ》しそうな声が返ってきた。

女性ばかりの部署は、返答のひとつひとつに気を遣ってしまう。例えるなら高校時代の友達関係とでも言えばいいのだろうか。

自分が周りから浮いていないか、その場の空気を読んだ発言ができているのか、そんなことばかり気にしてしまうのだ。

美紗自身は共学高校出身だが、女子校に進学した友達は女ばかりの中で友人関係にかなり苦労したと聞いている。

化粧直しを終えた美紗は、コールセンターへの戻り際、法人営業部の前でほんの少し足を止めた。

ぐるりと見回すと本橋はおろか、男性営業はみんな出払っているようだ。その代わり、隣の島に座っている同期、笹野奈菜《ささのなな》と眼が合った。

唇を緩めて手を振り、向こうも手を振り返してくるのを確認してから、美紗はコールセンターに向かって歩き出した。

ふと三人に約束したことを思い出したけれど、そろそろ休憩時間が終わってしまう。

帰り際にでも声をかけてみようかと考えながらデスクに戻ると、少し遅れて三人組も戻ってきた。

「残念。今日はいないわ」

「私も見つけたら一生懸命見つめてるんだけど、目が合ったことないのよね」

「まあイケメンは見るだけでもお得よ！」

三人の会話に、美紗は自分の鈍感さが恥ずかしくなった。

今まで気づかなかったけれど、派遣さんたちは、法人営業の男性たちをかなり意識しているようだ。

本橋に興味を持つ必要はないけれど、もう少し派遣さんの様子に気を配らないとだめかもしれない。男性社員にアプローチをしてくっつくのならいいが、ふられたから辞めたいと言われたら目も当てられない。

美紗のチームはそうでもないけれど、派遣さんの出入りの激しいチームのリーダーは、上司から叱責されてしまうのだ。

三人に本橋を紹介して、そんなトラブルになったら困る。しかし一度約束をしてしまったし、いい加減に放置しておくと不信感を持たれてしまうだろう。

美紗は気軽に引き受けてしまったことを後悔しながら、それでも午後の業務に取りかかった。

2　契約のしるしはキス⁉

コーヒーショップのカウンター席に陣取った美紗は、生クリームとキャラメルソースがたっぷりとかかったカフェラテを一口啜《すす》り溜息《ためいき》をついた。

「はあぁぁっ」

定時で退社をするはずだったのに、外はすっかり暗くなってしまっている。

今日の午後はあまりいい日とは言えなかった。

美紗のチームには研修が終わり独り立ちしたばかりの派遣さんがいるのだが、その人が郵送物のミスをしてしまい、クレームになってしまったのだ。

派遣さんのミスは美紗のミスで、すぐに電話を替わり謝罪したのだが最初の派遣さんの対応が悪かったようで先方が納得してくれず、さらに美紗の上司を引っぱり出すことになってしまった。

上司に強く叱責される前に美紗が間に入ったけれど、明日も派遣さんがちゃんと出社してくれることを祈るしかない。

全ての人がそうだとは言わないけれど、派遣さんはいきなりこなくなってしまうことがあるのだ。

仲介会社が代わりの人を探しても、研修が必要な仕事なのですぐに働いてもらうことはできない。つまり、それまで自分のチームが手薄になってしまうことになる。

上司は派遣さんを辞めさせるなと言いつつなにも考えずに怒るのだから、フォローする側の美紗はたまったものではない。

こんな日は甘いものを飲んで、買い物でもして帰ろうとコーヒーショップに入ったのだった。

このあとは朝の計画通り、デリップのユーザーさんが紹介していた食器屋さんに寄って帰るつもりで、美紗はバッグの中からスマホを取りだした。

残業のせいで同期の奈菜と話すことができなかったのでメールを送ろうと思ったのだが、タイミング良く奈菜からメールが届いていた。

久しぶりに飲みに行こうという内容で、彼女も法人営業の先輩方から女子社員を誘うように言われたらしい。あちらの部署は男性社員が多いから、たまには賑《にぎ》やかにやりたいのだろう。

これなら本橋のことを誘ってもらえるかもしれない。こちらも派遣さんを誘えるから、日程が決まったら教えて欲しいと返信をしておいた。

今日は色々あったけれど、派遣さんたちとの約束が果たせそうでホッとする。

美紗はぬるくなったカフェラテを飲み干すと、勢いをつけて立ちあがった。

スマホの地図を頼りながら歩くと、お目当ての食器店はすぐに見つかった。

大通りから一本入った通りに面した店で、間口はそれほど広くない。でも外から見てもオレンジ色の温かな光が手招きをしているようで、美紗は誘われるように店の扉を押した。

からんからんとベルの音がして、店の奥から『いらっしゃいませ』という男性の声が飛んできたけれど、姿は見えない。

美紗はゆっくりと店内を見回して、棚に並んだ食器に目を留めた。

狭い間口の割に店内は奥行きがあり、かなりの数の食器が並んでいる。高い棚が多いので多少圧迫感があるけれど、通路は広く取られているので他のお客さんとすれ違うのにも不便はなさそうだ。

それに閉店時間が近いからか店内には美紗以外に客の姿はない。ゆっくりと通路の間を歩きながら棚をひとつひとつ眺めていく。

食器は整然と並んでいるけれど、メーカー名や価格が書かれたポップが手書きで温かみがある。

丸いテーブルの上にはカトラリーと一緒にレイアウトされたものが展示されていて、麻のランチョンマットに並んだ食器が食卓に誘っているみたいだ。

「カワイイ」

美紗のお気に入りユーザー〝ケイ〟の写真の雰囲気に似ていて、なんとなく彼がこの店の食器を好んでいるわけがわかった気がした。

「あ、これ……」

美紗はスマホを取り出して、デリップのアプリを開く。

「やっぱりそうだ」

この店を紹介していた〝ケイ〟が料理を盛り付けていたのと同じ食器だ。

薄手の白い皿は楕円形《だえんけい》で、青いラインの縁取りがアクセントになっている。このお皿に具だくさんのサラダとかパスタを盛り付けたらかわいいかもしれないと、美紗が皿を手に取ったときだった。

——からんからん。

ベルの音とともにスーツ姿の男性が店に入ってくる。何気なく視線を向けた美紗は、食器棚の向こう側を通り過ぎていく男性の顔を見て目を見開いた。

(どうして彼がこんなところにいるの?)

男性は美紗には目もくれず、真っ直ぐに店の奥に向かっていく。もしかしたら見間違いかもしれないと思ったが、次の会話で確信することになった。

「こんばんは」

「ああ、本橋君。いらっしゃい」

予想通りの名前に、美紗は小さく息を飲んだ。やはり今日三人組が話題にした法人営業部の本橋圭輔だった。

「この間はたくさんのサンプルを送ってくださりありがとうございました」

「いやいや。うちも紹介してもらえて助かってるんだよ。おかげでお客さんも増えてるし」

「新作が入ったってメールもらったから見に来たんですけど、今いいですか？」

「もちろん」

　自然と耳に入ってくる店主との会話からすると、どうやら本橋はこの店の常連らしい。

　バリバリ仕事をしていて料理をするイメージがなかったから、わざわざ食器を選びに来るなんて意外だ。

　一度会話が途切れ、しばらくして店主がなにか荷物を抱えて戻ってきた気配に、美紗は二人の会話がさらによく聞こえるよう、ほんの少し場所を移動した。

　いけないことだとは思ったけれど、会社での本橋のイメージと違うことが美紗の好奇心を刺激してしまったのだ。

「これ。焼き物なんだけど、先週窯元さんから届いたばっかりなんだ」

「うわ。渋くていいですね。俺、実はこの人の茶碗《ちゃわん》を持ってるんですけど、なんとも言えない温かさがありますよね」

「うんうん。うちのお客さんの年齢層にはちょっと渋すぎるからたくさんは仕入れないんだけど、アクセントにいいよね」

　本橋は相当食器に拘りがあるらしい。ますます意外な感じだ。

「そういえば〝ケイ〟には最近スポンサーの申し込みが多いんだろ？」

　突然聞こえた〝ケイ〟という言葉に、美紗は危うく手にしていた食器を取り落としそうになった。

(ケイって、まさかデリップのケイのことじゃないよね?)

「あーあれ結構面倒なんですよね。もともとそういうの目的で始めたんじゃないんで。礼儀正しい人もいるけど、こっちが当然引き受けると思って一方的にガンガンメール送りつけてくる無礼なヤツもいるんですよ」

ウンザリした口調に、店主が小さく笑う気配がする。

「でも、うちの食器も〝ケイ〟が使ってくれてるおかげで、売り上げアップしてるんだから。いつも感謝してるんだよ。正直SNSってよくわからないけど、こんなに効果があるんだって驚いたんだ。下手な雑誌の撮影に貸し出してクレジットに名前を入れてもらうよりよっぽど集客力があるよ」

「そう言ってもらえると嬉《うれ》しいですけど。あ、これもいいなぁ」

「お、さすが〝ケイ〟君。お目が高いね」

軽口を叩《たた》きながら食器の品定めをする二人のそばで、美紗は今までの会話を必死で思い返した。

二人のやりとりを統合すると、本橋がデリップのカリスマユーザー〝ケイ〟だと言っているように聞こえるのだが、すぐには信じられない。

そんな偶然有り得ないと思う自分と、この店はケイが紹介をしていた店だという証拠をあげようとする自分もいるのだ。

自分でも気づかないうちに、さらに会話が聞こえやすい場所へと身体が勝手に移動していく。

「写真とレシピを中心にしたファンブックを出そうって話もあるんだろ？　その時はまたうちの食器も頼むよ。本橋君、イケメンなんだから、顔出ししてサイン会とか開いたら若い女子殺到しちゃうんじゃないの？」

（ファンブック⁉　絶対買う！　ていうか、ケイさんのサイン会とか、会社休んで並ぶイベントでしょ‼）

思わず心の中で叫んでしまったけれど、どうやら本当に本橋が〝ケイ〟らしい。

そしていつの間にかレジの真横の棚まで来ていた美紗の気配に気づいた本橋が顔を上げ、二人の視線がぶつかった。

「……え」

突然真横に現れた見知らぬ女に驚いたのか、本橋の表情がほんの少したじろぐ。その様子に美紗はこれ以上黙っていられなくなり口を開いた。

「あ、あのっ！　本橋さんが〝ケイ〟なんですか⁉」

「……は？」

一瞬戸惑ったように美紗の顔を見つめ、それから切れ長の目をギョッとしたように見開いた。

「おまえ……コールセンターの」

「はいっ！　笠原美紗ですッ!!　私、ケイさんの大ファンで、デリップでもフォローさせていただいてます！」

ぴょこんと頭を下げた美紗の上で聞こえた溜息に顔を上げると、本橋が苦虫を嚙《か》みつぶしたような顔でこちらを睨《にら》みつけていた。

「あ、あの……？」

怒りをはらんだ視線に戸惑っていると、本橋はふいっと美紗から視線を外し店主に頭を下げる。

「すみません。紅林《くればやし》さん、また改めて連絡します」

そう言ってから美紗の手首を乱暴に摑《つか》む。

「おまえ、ちょっと来い」

「え？　ええっ!?」

何が起きたのかわからないまま、引きずられて店の外へと連れ出されてしまった。

「あのっ、本橋さん!?　どこ行くんですか？」

本橋は美紗の問いかけなど聞こえない顔でずんずんと歩き続け、連れて行かれたのは雑居ビルの中にある一軒の飲食店だった。

そこは全ての席がこぢんまりとした個室になった居酒屋で、美紗たちが通された部屋は二人用、しかも向かい合わせではなく隣同士並んで座る仕様だ。

（これって、カップルシートの気がするんだけど……）

本橋の顔を見ると、彼はなんとも思っていないのか異議を唱えず案内された席に収まってしまった。

「座れよ」

「……は、はい」

「酒、飲めたよな？」

どうしてそんなことを知っているのだろうと思いながら頷《うなず》くと、本橋はおしぼりを差しだした店員に中ジョッキを二杯頼んでしまった。

竹素材の蛇腹になったカーテンを閉めてしまえば、廊下からこちら側を覗《のぞ》くことができなくなり、目隠し効果はバッチリだ。

周りのざわめきが遠くに聞こえるけれど、親密に話をするのにはぴったりの空間だった。

「携帯」

不機嫌を隠そうともせず手を差し出されて、首を傾げる。

「はい？」

「携帯出せ。ケイを知ってるってことは、デリップやってるんだろ」

（それって、証拠見せろってこと？）

美紗が素直にバッグからスマホを取り出すと、伸びてきた手に取り上げられてしまう。

「あ！　ちょっと!!」

取り返そうと伸ばした手を摑まれ、そのまま指紋認証の画面ロックを解除されてしまった。

「か、返してっ！」

本橋は慌てた美紗の腕から器用に逃れると、勝手にデリップのアプリを立ち上げ、画面を見た途端ハッとしたように顔を上げた。

「おまえ！　アリスか!!」

「……そ、そうですけど」

アリスというのは美紗のデリップでのアカウント名だ。なんの捻りもなく、〝不思議の国のアリス〟が好きだからアリスという名前にした。

平凡なアカウント名だったし、ケイには万単位のフォロワーがいるから、まさかアリスという名前に反応してくれるとは思ってもいなかった。

あのケイが本当に自分の前にいるなんて信じられない。美紗はドキドキしながらまじまじと圭輔の顔を見つめた。

「あ、あのぅ……アリスのことご存じだったんですか？」

「ああ。おまえ、毎回コメントつけてくれてるし、俺が写真あげるとすぐに〝ナイス！〟くれるだろ」

スマホの画面から顔を上げた本橋に見つめられ、美紗は急に鼓動が速くなるのを感じた。たくさんのフォロワーの中のひとりである自分の存在を知っていてくれたことが嬉しくて、舞い上がってしまう。

「私、ケイさんの大ファンなんです！　写真とかも……恥ずかしいんですけど、少しでもケイさんに近づけるように頑張ってるんです」

　思わず声が上擦ってしまうのは、憧れの人に会えて昂奮《こうふん》しているからだ。なんだか告白をしている気分だが、本当にファンなのだから仕方がない。

　むしろすぐにナイス！　をつけるとか、必ずコメントをつけていることの方がある意味ストーカーチックで、気持ち悪い女だと引かれていないだろうか。

　しかし本橋は美紗の言葉に喜ぶことも嫌悪した様子もなく、ただ小さく首を横に振り投げやりぎみにスマホを返してきた。

「頑張ってて、この写真かよ。コメントくれたフォロワーのところは見に行くようにしてるんだけど、おまえ写真も料理も下手すぎだろ。それにフォローしてるのは見事に食い物のアカウントばっかだし」

　ぐっさりと突き刺さる辛辣な返しに、思わず言い返す。

「い、いいんです！　私は見るの専門なんで！」

「それにしたって、もう少しマシな写真アップしろよ」

「で、ですよねえ……はは……」

　自分では頑張っているつもりだけれど、やはり人気ユーザー目線で見れば目指していると言われるのは迷惑かもしれない。

「くっそ～まさかこんな身近にフォロワーがいるとは」

「す、すみません……」

美紗が悪いわけではないのに、つい謝ってしまう。なんとなく居たたまれない空気に困っていると、蛇腹カーテンの向こうで声がした。

「お待たせしました～」

明るい声とともに姿を見せた店員に、美紗はホッとしてしまう。こんな気持ちになるのなら、声なんてかけなければよかったと後悔し始めていたからだ。

「お料理と追加のお飲み物はこちらの端末からご注文ください！」

店員は笑顔でテーブルの端にある端末を指してから、個室を出て行った。

「さ、最近こういうお店多いですよね。じ、人件費節約とかですかね」

取り繕うような美紗の言葉に、本橋は諦めたように溜息をついてタブレット端末に手を伸ばした。

「はぁ……とりあえず、なんか食うか。好き嫌いは？」

そう言いながら、もう一方の手でビールのジョッキを口に運ぶ。

「あ、ないです」

最初にビールを勝手に注文されたから食事もそうだと思っていたのに、好き嫌いを聞かれてびっくりしてしまう。

「ふーん。写真だけだと鮮度はわかんねーけど、魚料理の種類は多いな。カップル向けっぽい店だから、デザートも充実してるし」

「よくいらっしゃるお店じゃないんですか？」

「いや、この間から気になってたんだけど、一人で来る店じゃなさそうだったから。それに個室なら人目気にしないで話せるし」

人目を気にしないという言葉に、ドキリとする。

ここは会社からも近いし、二人でいるところを誰かに見られたら面倒だという意味なのだろうが、逆に万が一カップル向けの店に二人でいるところを見られた方が誤解を受けそうだ。

本橋はそんな美紗の心配には気づかず、メニューを丹念に見つめている。

長い指で画面をタップしてメニューを見つめているだけなのに、その横顔になんとなくドキドキしている自分に気づき、美紗は慌てて目をそらした。

（いやいやいや！　私が好きなのはケイの写真とか料理で、本橋さんじゃないし！）

自分にだって男友達もいるし、男性とこの距離で座るのは初めてではない。きっと狭い空間に憧れのケイと二人きりだから、少し緊張してしまっているのだ。

せっかくだから、ファンとして色々話を聞かせてもらった方がドキドキしているより有意義だ。

美紗は思いきって口を開いた。

「あ、あのっ！　人気があるユーザーさんって副収入もすごいんですよね？」

単なる好奇心で思わず口にしてしまったけれど、タブレットから顔を上げた本橋の眉間には警戒するような皺《しわ》が寄せられている。どうやら振る話題を間違えてしまったらしい。

「……おまえ、会社にばらすつもり？」

「ち、違います！　そんなことしませんよ！」

そういえば、会社の規定ではアルバイトなど兼業を禁止していたはずで、美紗にデリップで収入があることをばらされるのではないかと心配しているのだろう。

というか、そういう反応をしたら、暗に収入がありますよと言っているようなものだ。

ふと頭の中に浮かんだアイディアに、美紗はニンマリしそうになる。

これなら派遣さんのリクエストにも答えられ、自分もケイの正体を知る優越感で満足できるのではないだろうか。

「あの、別に交換条件ってわけじゃないんですけど……ひとつだけお願いが」

「……なに？」

本橋の威嚇するような瞳に、ほんの少し怯《ひる》んでしまう。

でも別に脅迫するつもりもないし、本気でみんなにケイのことをばらすつもりもない。むしろみんなには本橋が料理も仕事もできる素敵な男性だということは隠しておきたいぐらいなのだから。

美紗の職場環境の平和のためにほんの少し協力をして欲しいだけだ。

「実はうちの派遣さんが本橋さんに憧れてて、飲み会セッティングして欲しいって頼まれてるんです。一度だけ飲み会に付き合ってもらえませんか？」

「ふーん。飲み会ね」

下手に出すぎただろうか。気のない返事に、会話が続かない。

「ええっと……もしかして彼女、いたりします？」

〝彼女〟という言葉に、本橋はなぜか口許を緩めて美紗を見つめた。

「そっちは？」

「い、いないですけど……」

今は美紗のことは関係ないはずなのに、なんだか思わせぶりに見つめられて、また心臓がドキドキし始める。

なんだか顔が熱くなってきた気がして、目を伏せようと思った時だった。本橋が片手を挙げて美紗を手招きした。

「……はい？」

意図が読めず誘われるがまま内緒話のように顔を近づけると、後頭部に手を回されさらに頭を引き寄せられる。

「……ん！」

次の瞬間唇に触れた感触に目を見開く。美紗の瞳に本橋の端正な鼻筋と閉じられた瞼《まぶた》だけが映りなにも考えられなくなった。

しかし前触れもなくキスをされ頭の中が真っ白になったのは一瞬で、慌てて胸を押し返そうとしたが、さらに頭に回された手に力がこもる。

――やめて。そう言おうとして開いた唇からぬるりとしたものが入り込み、すぐに美紗の口腔《こうこう》は熱いものでいっぱいになった。

「ふ……は……っ」

初めて感じる男性の粘膜の感触に腰の辺りがぶるりと震えてしまう。ただでさえ息苦しいのに、舌の付け根の辺りから唾液が溢《あふ》れてきて、口腔がいっぱいになる。

「ん……ん……ぁ……」

厚みのある舌が美紗の小さな舌に擦りつけられ、さらに上顎や頬の裏を刺激していく。キスの刺激で溺れそうなのか、それとも呼吸困難なのかわからないけれど頭の芯が痺《しび》れて、頭の中に霞《かすみ》がかかってくる。

触れあっている場所よりも身体の奥の方から熱が湧き出して、身体がじんわりと火照ってしまう。この感覚はなんなのだろう。

今にも気を失ってしまいそうな気がして、美紗は力を振り絞り、本橋の胸をどん！　と音がしそうなほど強く押した。

「ぷはぁっ！」

本橋の腕から逃れ、まるで潜っていた水の中から飛びだしてきたときのように、必死で呼吸を繰り返す。あと数秒続いたら、本気で気を失ってしまっていたかもしれない。

「い、いきなりなにするんですかっ！」

今までキスのあとに女性にこんな反応をされたことがないのだろう。思わず叫んだ美紗

を見て本橋が目を丸くする。

「なんだよ、その反応」

「だって、突然こんな……い、息できないし！」

美紗が涙目で唇を覆うと、本橋は少し遅れて口許を歪めた。

「まさか、ファーストキスってわけじゃない、よな？」

それは質問というよりは確認で、今のキスが美紗にとってのファーストキスだと確信している顔だった。

「な、なんであなたにそんなこと言わなくちゃいけないんですか！」

「なんだよ。キスの仕方も知らないのか。カワイイヤツ」

なぜか嬉しそうな本橋に、美紗は耳まで真っ赤になってテーブルに顔を伏せた。

「は、初めてだなんて言ってません！」

美紗はその反応が全てを物語ってしまっていることにも、さらに本橋の唇に笑みが広がっていくことにも気づかないまま、ただこのまま消えてしまいたい気分だった。

「そーかそーか。今時キスもまだとか、調教しがいがありそうだな」

「ちょ、調教⁉」

物騒な言葉にギョッとして顔を上げると、本橋がテーブルの上に放り出してあったスマホになにかを入力している。

「勝手に弄らないでください！」

「おまえ、今日から俺の彼女な。俺の携帯に連絡先送っとくから」

そう言いながら、勝手に連絡先を入力して美紗に携帯を返してきた。

「……は？」

（なに？　彼女……って言った？）

「コールセンターに俺に憧れてるヤツがいるんだろ？」

「そうですけど……」

「俺さ、そういうの興味ないから、彼女いるみたいですって答えとけ。で、それがおまえ。もしもの時は『実は私が彼女なんです』って言っていいからさ。キスが初めてでも彼女のふりぐらいできるだろ」

「い、意味わかんないんですけど」

突然キスをされて、彼女のふりをしろと言われて、わかりましたと頷く人などいないだろう。

しかし美紗の抵抗などおかまいなしに、どんどん話は進んでいく。

「もしおまえが〝ケイ〟のことばらしたり変な噂《うわさ》流したりしたら、俺に振られた腹いせで嘘ついてるっていいわけできるし」

「それって私にメリットないじゃないですか！」

そんなことをしなくても最初からばらすつもりなんてない。ちょっと飲み会に顔を出してくれればそれで満足だったのだ。

それに飲み会のセッティングを頼まれている派遣さんに自分が彼女だなんて言ったら、何が起きるのか想像するのも恐い。

「メリットならあるだろ」

「……なんですか？」

どう考えてもリスクしか思い浮かばない美紗は、上目遣いで本橋に疑いの眼差しを向けた。

「俺が特別にもう少しまともな料理と盛り付けを教えてやるよ。デリップの写真何度か見てたけど、さすがにアレはひどすぎるだろ」

「え⁉　ホントですか？」

信じられない言葉に、美紗は疑いの眼差しで見つめていたことも忘れて身を乗り出した。

たしかに憧れのケイから料理を習うチャンスなんて、普通なら有り得ない。都合のいいように扱われているとわかっているのに、つい耳を傾けてしまう。

「それに、ちゃんと黙っていられたらご褒美やるよ」

「え？」

身を乗り出した美紗の顔に本橋の手が伸びる。

「……っ！」

男らしい筋張った指先が唇を撫《な》でる。まるでさっきのキスを思い出させるような仕草にドキリとして、頬がカッと熱くなった。

「キスの仕方、教えてやる」

ゆっくりと言い聞かせるように本橋の唇が動く姿を、勝手に目が追ってしまう。ゆるゆると指先が頬や瞼に触れて、これ以上ないというぐらいに鼓動が速くなる。

「それに他にも、いろいろ」

（もしかして……また、キスするの？）

本橋が身じろぎするのを感じて、美紗は無意識に瞼を閉じる。すると次の瞬間鼻先をギュッと摘まれてしまう。

「バーカ。なに期待してるんだ。色々って料理とかに決まってるだろ」

「やっ」

驚いて目を開けた先にはしたり顔の本橋がいて、いつの間にか彼のペースに巻き込まれていたことに気づいた。

「いいね。今の顔。なかなかそそる」

「な、なに言ってるんですか！」

「まあまあ。とりあえず明日土曜日で休みだろ？　俺の家に来いよ。あとで携帯に住所送っておくから」

「け、結構です！」

大きな声で叫んだ美紗を見てクスクス笑うだけで、怒った様子もない。

「絶対行きませんから！」

美紗は強く否定したけれど、まったく聞く気がないのか本橋は上機嫌でタブレットのメニューに視線を移してしまった。

（この人、なに考えてるの？）

少し前の会話の流れでは、美紗が本橋の弱みを握ってちょっと協力してもらうつもりだったのに、なぜか主導権を握られ、言うことをきかなければいけない状況に陥っている。

何度考えてもこちらに非がないのに言い返す言葉が思い浮かばない。美紗は自分の置かれた状況が理解できず途方に暮れるしかなかった。

3　恋も料理も下手なんです

美紗はスマートフォンに送られてきた住所を頼りに、とあるマンションの前で立ち止まった。

突然なんの前触れもなくキスをしてきた男の部屋に行くなんて無謀だとわかっている。それなのに本橋＝ケイだと思ってしまうと、一方的に押しつけられた約束だとしてもすっぽかしてしまうのはもったいない気がしてしまったのだ。

美紗は指定されたマンションの前まで来て、何度もその前を行き来しながら考え込む。マンションは十階建てで、ベランダにはためく洗濯物やエントランスに集まって携帯ゲームを覗《のぞ》き込む子どもの様子から、男性のひとり暮らし用のマンションには見えない。そう思っている間にも一階のオートロックの向こうから親子連れが手を繋《つな》いで出てきた。ひとり暮らしをしていると聞いた気がしたが、実は家族と同居をしているのだろうか。もしかすると普通に同僚として遊びに来いということなのかもしれない。

でも、家族がいるのなら手土産のひとつも用意してきたのにと後悔してしまう。理不尽な呼び出しに手土産など必要ないと思ったからだ。

美紗はそのあともマンションの前を行き来しつつ立ち止まり、そのたびに出入りする住人に不審な目を向けられることを繰り返し、意を決してインターフォンの前に立った。

教えられた部屋番号を入力して呼び出しのボタンを押すと、スピーカーの向こうから「おう」と声がして、すぐにロックが解除された。

「……おじゃまします」

本橋の部屋は七階で、玄関には革靴とスニーカーが一足ずつ出ていたけれど、どちらも本橋の靴だろう。

リビングには家族で使えそうなダイニングテーブルや大きなソファーがあるが、部屋の中はすっきりとまとめられていて片付いている。

「本橋さん。ここってファミリータイプですよね？　ひとりで住むには家賃が高すぎないですか？」

美紗はマンションの前に立ったときから気になっていたことを尋ねた。

「いや、ここ分譲なんだ」

「えっ⁉　本橋さんって独身……でしたよね？」

あっさりと返ってきた言葉に、美紗は部屋の中を見回した。

もしかして、実は既婚だというオチだろうか。もしそうだとしたら美紗にキスしたのは確実にレッドカードだ。

「都内の賃貸で地味に家賃払うよりローン払った方が安上がりなんだよ。それに、賃貸とかひとり暮らし用のマンションはキッチンの使い勝手が悪いんだよな。新築分譲なら結構カスタマイズできるし、まあひとりにはちょっと広すぎるけどさ」

そう言いながらキッチンに入っていくと冷蔵庫からお茶の入ったボトルを出してきて、テーブルの上のグラスにそそぐ。

「ほら。アイスティーでいいか？」

「あ、はい！」

美紗は素直にリビングの椅子のひとつに腰を下ろし、出されたグラスに口をつける。

「……美味しい」

フルーツフレーバーの紅茶のようで、甘い桃の香りがした。

（さすがケイ……これって水出しだよね）

フレーバーティーが出てくるなんて、独身の男性にしてはスキルが高すぎる。

料理家事が完璧で、イケメンで持ち家ありなんて、若い派遣さんたちが大喜びしそうなスペックだ。

本橋は入社六、七年目でまだ二十代のはずだ。兄も同じぐらいの年齢だが、家を買おうなどという話は聞いたことがない。

「うちって二十代でマンションが買えるほどお給料いいんですか？」

なんの前置きもなくそう尋ねると、本橋は噴き出した。

「普通だろ。女子は洋服とかバッグとか、そういうのに金かけすぎなんじゃねーの？　俺は料理が趣味みたいなもんだから、そっちに金を使ってるだけ」

「でも、よく家って一生の買い物だって言うじゃないですか。凄いですよ」

「そうか？　そこまで考えてなかったけど」

本橋は笑いながら、ボトルを冷蔵庫に戻す。

シンクやコンロは対面式のアイランドキッチンで、間仕切りがないおかげでかなり開放感がある。冷蔵庫や食器棚が背面に備え付けられていて、料理が得意でない美紗にも使い勝手が良さそうに見えた。

ここでケイが料理をして、デリップの写真を撮影していると思うとドキドキする。

「あの～私って……今日はどうしたら……」

「言っただろ。おまえの料理なんとかしてやるって」

「え。アレって本気ですか？」

実はからかわれているのではないかと、少し疑っていたのだ。

ケイと自分の写真をわざわざ見比べなくても、レベルが違うことは嫌というほど自覚しているし、そもそも料理の腕前だって怪しい。

だから今日呼ばれたのは、もう一度昨日のことを口止めしようとしているのだと考えていた。

それなのに本橋は本気で料理をするらしく、収納棚の中から取り出したエプロンを放ってよこした。

「とりあえず、見ててやるからなんか作ってみろよ」

「あ」

渡されたのは黒地にハイビスカスなど鮮やかな色の花がプリントされた真新しいエプロンで、デザインから明らかに女性ものだとわかる。

本橋はデニム地のエプロンを手にしていたし、彼の趣味ではなさそうだ。ということは、この部屋に来たことのある女性のために用意されたものだろう。

昨日は女性との付き合いが面倒くさいというようなことを言っていたけれど、部屋に出入りする女性がいるらしい。

ケイに彼女がいようといまいと自分には関係ないはずなのに、なぜかがっかりしてしまう。

「食材はここ、調味料はここな。あと食器とか鍋とか好きなの使っていいから」

思いのほか丁寧にキッチンの使い方を教えられる。

「本橋さんって、他人にキッチン使われるのが気にならない人なんですね」

「なんで？　おまえ気にするタイプ？」

「いえ、私は平気なんですけど。うちの母がキッチンは自分の城みたいに思ってて、一緒に住んでるときはほとんど料理とか一緒にしたことなくて。なんでもかんでも自分でやっちゃう人だったんですよ。だから今ひとり暮らしになって色々苦労してるんです」

「おまえ、実家じゃなかったっけ？」

「え？」

訝《いぶか》しげに問いかけられ、美紗はちょっと驚いて本橋を見返した。

「去年の新人歓迎会のとき、実家から通ってるって挨拶してただろ」

「ああ」

確かに新人研修が終わり正式に配属先が決まったときの歓迎会で、そんな挨拶をした記憶がある。でも部署も違うし、あのときの新人は数人いたはずなのに憶えていてくれたことに驚いてしまう。

やはり営業職となると、そういう細かな情報にもアンテナを張り巡らせていないとだめなのかもしれない。

「今年の春に父が海外赴任になったんですけど、母も一緒に行っちゃったんです。兄も転勤で名古屋にいるので、まあ成り行きでひとり暮らしというか」

「なるほど。それであの料理か」

暗にひどい料理だと言われたような気がして、肩を落とす。

「お、お目汚しですみません」

「いや、むしろあの写真見たら、誰もおまえの料理の腕に期待しないから安心しろ」

それは安心という言葉では片付けられない気がする。

美紗は溜息《ためいき》をつきながら、冷蔵庫からいくつか食材を取り出すと、調理器具が入っている棚を開けた。

「本橋さん、お鍋はどれ使ったらいいですか？」

「あのさ、その本橋さんってやめようぜ。なんか会社にいるみたい。俺、家では仕事のこと忘れたいんだ」

「ええっと……じゃあ、ケイさんでいいですか？」

「ああ、呼び捨てでいいぞ」

「えっ！」

さすがにそれは失礼だと狼狽《うろた》える美紗を見て、本橋は面白い玩具を見つけたかのような顔でニヤリと笑う。

「呼んでみろよ、ケイって」

「いや、そんな……」

身を乗り出してくる本橋にドギマギして、なんとなく後ずさってしまう。

「なんで逃げるわけ？」

明らかに美紗をからかって楽しんでいる。

少しずつ間合いを詰められ、そのたびに後ずさっていたらいつの間にか背中が壁に行き着いてしまう。

「早く呼べよ」

「む、無理です！」

「なんで？」

「だ、だって……本橋さんだって、私のことおまえって呼ぶじゃないですか。お互い好きな呼び方ってことで」

いつの間にか身を寄せた本橋に見下ろされる態勢になっていて、美紗はその距離の近さに息苦しくなってくる。

「なに？　名前で呼んで欲しいんだ？」

「違います！」

なんだか違う方へ話が脱線してしまっている。

「好きな呼び方ねぇ……じゃあ」

本橋は形のいい唇を皮肉げに歪めると、壁に寄り掛かった美紗の顔の横にドン！　と音がしそうな勢いで腕をついた。

「……っ！」

（キャー!!　こ、これって世に言う壁ドン⁉）

心の中で悲鳴をあげている間に顔が近づいてくる。今にも耳朶《じだ》に唇が触れそうな距離まで顔を寄せると、本橋が少し掠れた声で囁《ささや》いた。

「美紗」

「……っ！」

耳の中に熱い息が滑り込み、かぁっと頭に血が上る。次の瞬間美紗の手は勢いよく本橋の胸を押し返していた。

「ち、近いですっ!!」

「おっと」

本橋はそう言いながらあっさりと美紗を壁と身体の間から解放してくれたけれど、その顔は相変わらず面白がっていて、ニヤニヤ笑いが浮かんでいる。

「いいね、その処女っぽい反応」

「処女って！　……な、なんでわかるんですか!?」

「おまえ、昨日のがファーストキスだったんだろ？　だったら処女じゃない方がおかしいだろ。まさか、そっちは経験済みっていう斜め上のタイプ？」

「な、なに言ってるんですか！　そんなことあるわけないじゃないですか！」

そう言ってしまってから、美紗は慌てて口を押さえたけれど後の祭りだ。本橋といると気持ちがざわついて、余計なことまで口にしてしまう。

「ホントカワイイ。調教しがいのあるヤツ」

伸びてきた手に頭をわしゃわしゃとかき回されて、一瞬その手が優しいと思ってしまう自分はどうかしてしまっている。

「や、やめてください！」

ペットでも可愛がるような仕草に手を振り払おうとしたけれど、逆に手首を摑《つか》まれ引き寄せられてしまう。

「逃げようったってそうはいかないぞ」

「は？」

「まだ呼んでないだろ。名前」

どうやらどうしても名前を呼ばなければ納得しない空気に、美紗は涙目になった。

（なんでこの人のペースになってるの？　もともと私の方が弱みを握ってるはずなのに！）

「ほら、早く～」

「……」

「呼ばないならまたキスしちゃおうかなぁ」

冗談とも本気ともつかない言葉に心臓が跳ねた。

「は⁉」

ぎょっとしている間にも手首をさらに引き寄せられ、顔を近づけてくる。

「や！　待って‼　呼ぶ！　呼ぶから‼」

慌ててジタバタと腕を振り回す美紗に、本橋の顔がなぜか複雑な表情になる。

「キスよりそっちがいいんだ。それはそれで、ちょっともやっとするな」

「……どうしてですか？」

「昨日のキスが良くなかったってことだろ？」

そう言われた瞬間忘れようとしていた本橋とのキスの感触がよみがえってきて、美紗の顔が見る間に真っ赤になった。

キスの直後は初めてのキスでよく憶えていないと思ったのに、家に帰ってベッドに入ってから本橋のことを思いだした途端頭の中がキスの記憶でいっぱいになって、大変だったのだ。

やっと朝になり落ち着いてきたのに、今の一言で全てが台無しになった。

「な、なに言ってるんですか!!」

「お。そういう顔もできるんじゃん。おまえのそういう顔、ちょっとそそるんだよな〜」

親指の腹で下唇の輪郭をなぞられて、背筋にぞくりとした刺激が走る。

本橋の言うそそる顔がどんなものなのかはわからないけれど、自分が赤くなっている自覚はある。

「取りあえずその唇で俺の名前呼んでよ。それで許してやるからさ」

さっきまでとは違う熱っぽい口調に、胸が苦しくなる。本橋は本当の恋人のことをこんなふうに熱っぽく見つめるのだろうか。

「美紗」

甘い声で促されて口を開く。

「ケ……」

たった二文字の言葉を口にすることがこんなに難しいとは思わなかった。美紗は戸惑いながらもう一度口を開く。

「ケ、ケケケケケケケケ」

「ぷっ」

思い通りに言葉を紡げない美紗に、本橋が我慢できずに噴き出した。

「おまえ、サイコー！」

涙を浮かべ、腹を抱えて笑う姿に今すぐ逃げ出してしまいたい。

「もぉ！　笑わないで‼」

美紗は抗議したけれど、本橋はひとしきり笑って満足するまで美紗の願いに応えてくれることはなかった。

＊　　　＊　　　＊

「それにしても……おまえホントに料理のセンスないな」

料理を試食したあと、食器を洗う美紗の横で本橋がしみじみと言った。

「目を離した俺も悪いけど、塩入れすぎてしょっぱいからって砂糖入れて誤魔化そうとか、おかしいだろ」

「……」

できあがった料理を食べた瞬間の本橋の顔を思い出して、美紗は小さく肩をすくめる。

自分でもびっくりするぐらい味の濃い、謎のスープができてしまった。

「あと、あのトマトソースのパスタ！　なんでパクチーが入ってるんだよ！」

「あ、あれはイタリアンパセリだと思って、隠し味のつもりだったんですけど……」

「ぜんっぜん、隠れてないから！」

「えっ？　隠し味って見ていない隙に入れるから隠し味って言うんじゃないんですか？」

その問いに、本橋はギョッとして美紗の顔を見つめ、それからあからさまに肩を落とした。

「隠し味っていうのは元々のレシピの味にコクを出したり、引き立てるためにほんの少し入れるもので、隠れて入れるもんじゃないから。しかも盛り付けもしょぼいし、うちの食器が台無しだ」

「……す、すみません……」

本橋のダメ出しが胸にグサグサと突き刺さり、返す言葉もない。美紗はひどい料理を食べさせてしまったせめてものお詫びに、黙々と食器を洗う手を動かした。幸いこれだけは料理の手順の中で、唯一失敗なく出来ることだ。

「レシピとか見てるのか？」

「……ネットとかのお料理サイトは参考にしてます、けど」

最近は素人が自身のオリジナルレシピを写真付きでアップするサイトがたくさんあって、簡単で美味しいレシピが多くいつも参考にしている。

「おまえの場合まず基本の料理本からだろ。ああいうサイトは料理ができる素人がやってるから、おまえみたいな初心者には説明がわかりにくいし」

たしかに〝茹《ゆ》でこぼし〟〝あくを抜く〟なんて言葉が出てきて、意味がわからないことが何度もあった。そのたびにネットで調べてはいるけれど、そのあたりは料理の基本なのだろうか。

「もしかして、タブレットとかでレシピ見ながら作りたい人？」

「そんなことないですけど。ただスマホとかタブレットで検索できる方が簡単でハードルが低いかなって。それに料理の基礎っていうのも今さらじゃないですか」

「ばーか。基礎ができてたら塩と砂糖あんなにガバガバいれないだろ。おまえ、料理のさしすせそって知ってるか」

「し、知ってますよ！」

「じゃあ言ってみろ」

「〝さ〟が砂糖、〝し〟が塩、〝す〟がお酢、〝せ〟が……ええっと、〝そ〟はソースですよね？」

「ほら、知らねーじゃん。〝せ〟は醤油《しょうゆ》、〝そ〟は味噌《みそ》だろうが。なんで和食なのにソースが入ってるんだよ」

「え⁉　だって、醤油にだって〝せ〟なんて入ってないじゃないですか！」

「醤油は旧仮名遣いで書くと〝せうゆ〟なんだよ。ちなみに、料理に入れるときはこのさしすせその順番で入れること」

「はあ」

心底ウンザリした口調の本橋に睨《にら》まれ、美紗は再び目を伏せてさらに食器洗いに集中した。

(ヤバイ。ケイってメチャクチャ女子力高くない？　いや、ケイが普通で私の女子力が低すぎるってこと⁉)

本橋は料理を教えてくれると言っていたけれど、あまりにもレベルが低すぎて断られるパターンだってあり得る。

せっかく憧れのケイに料理が習えるのならとやる気になってきたのに、やっぱりもうこなくていいと言われそうだ。

「美紗」

自分の不甲斐《ふがい》なさに落ち込んでいた美紗は、突然名前で呼ばれてドキリとして手を止めた。

「こっちむけ」

言われるがまま顔を上げた瞬間、目の前に本橋の顔が現れて、チュッと音を立てて唇を吸い上げられた。

「‼」

ビクリと肩を揺らし目を見開くと、肩を抱かれて身体を引き寄せられる。

「悪い。初心者なのに、ちょっと虐めすぎた。ちゃんと俺が面倒見てやるから安心しろ。だから機嫌直せ」

どうやら本橋は言葉はきついけれど、優しい人らしい。美紗がちょっと黙り込んだぐらいで怒ったのではないかと心配してくれるのだから。

それにこんなふうに機嫌をとられるなんて本物の恋人同士になったみたいでドキドキしてしまう。本物の彼女のこともこうやって優しく機嫌を取ったりするのだろうか。

そう思っている間にまた頬が寄せられ、唇を奪われた。今度のキスは昨日居酒屋でされたような、淫らなキスだった。

「ん……っ」

唇を覆われたかと思うと、舌先で唇を撫《な》でられる。その刺激で背筋に痺《しび》れが走って、小さく肩口を揺らしてしまう。

「舌、出して」

唇の上で囁かれてくすぐったい。美紗が恥ずかしさにふるふると首を横に振ると、強引に唇を割って舌を押し込まれてしまった。

「んぁ……ぅ」

ぬるりとした熱い舌の感触に目を見開く。肩を抱いていた手が腰に回され、いつの間にかお互いの身体がぴったりと密着してしまっている。

食器を洗っていたことなどすっかり忘れて、すぐに本橋のキスのこと以外なにも考えられなくなった。

美紗の小さな舌に本橋の肉厚な舌が擦りつけられ、逃げようとすると絡みつかれる。どこに触れてくるのか、どのように動くのかがわからず、そこかしこに触れられるたびに陸に打ち上げられた魚のようにビクビクと打ち震えてしまう。

昨日は突然のことで窒息してしまうのではないかと慌てたけれど、今日はキスされるとわかっていたからか、恥ずかしいけれど気持ちがいい。

頭の中はジンジンと痺れているのに、身体からは少しずつ力が抜けて、もう立っていられなくなりそうだ。

美紗が無意識に広い胸に身体を預けると、腰を抱く力が強くなった。

「はぁ……ん……」

唇が離れた瞬間、美紗の口から満ち足りたようなねだるような吐息が漏れる。あまりに甘ったるい声に、ギョッとして目を見開くと、すぐそばで美紗の顔を覗き込む本橋と視線がぶつかった。

「満足?」

キスの余韻なのか、耳鳴りがして本橋の言葉がよく聞き取れない。聞き返すどころか、無意識に広い胸にねだるように頬を擦りつけてしまう。

「……ん」

どうしてしまったのだろう。こんな態度をしてしまったら、もうなにを言ってもいいわけにしか聞こえない。

「昨日のリベンジは出来たみたいだな。すごく蕩《とろ》けた顔してる」

そう囁かれ、こめかみに優しく唇を押しつけられてうっとりとしてしまうなんて、自分はやっぱりおかしくなっている。

それに本橋はさっき美紗がキスを嫌がったことを気にしていたようだ。だとすると相当子どもっぽいところがある。

ついクスクスと笑いを漏らすと、額と額を押しつけられて、瞳の中を覗き込まれる。まるで本当の恋人同士みたいだ。

「機嫌直ったか？」

そう言いながら本橋が手を伸ばし蛇口のレバーを下ろして初めて、水が出しっぱなしだったことを思い出した。

本当は怒ってなんかいない。自分の不甲斐なさに落ち込んでいただけだ。

こうして本橋に甘やかされるのは正直嬉《うれ》しいけれど、このキスも恋人のふりに含まれているのだろうか。

でも本橋の本音を聞くのが恐くて、美紗はただ口許に笑みを浮かべて頷《うなず》き返すしかなかった。

それからというもの、週末は本橋のマンションを訪ねるのが決まりのようになってしまった。

「美紗、そっちの鍋にお湯わかして」

「はーい。なに茹でるんですか？」

「オクラ。下ごしらえの仕方知ってるか？」

「ええっと」

「ったく。ちゃんとみてろよ」

調理したことのない食材に首を傾げると、本橋はぞんざいな言葉の割に丁寧に教えてくれる。

本橋はオクラのヘタを切り落とし、ガクの部分を包丁でくるりと剝いて手本を見せると、美紗に包丁を手渡した。

「ん。やってみ」

「はい」

美紗は言われたとおり見よう見まねで手を動かしたが、すぐに本橋からの突っ込みが入る。

「おい。なんだよ、その包丁の使い方」

「え。おかしいですか？」

「そのやり方じゃ、左手切るぞ」

そう言いながら美紗の背後から手を伸ばす。

「え」

背中に触れた本橋の身体の熱にドキリとする。まるで抱きしめるように背後から腕を回されたのだ。

「親指でここを押さえて、左手で送る」

「は、はい」

背中に広い胸を押しつけられ、密着した身体が熱くてたまらない。本橋は恋人でもない人間とこんなに身体を寄せていることが、気にならないようだ。

「そう。やれば出来るじゃん」

耳元で聞こえる声にも手元が狂ってしまいそうで、美紗は包丁を握る手に力を込めた。

「終わったら板ずりしてといて」

「あのぅ……板ずり……ってなんですか？」

聞いたことのない料理用語に美紗がおずおずと尋ねると、本橋は嫌な顔もせずに頷いた。

「ああ、知らないのか。どいて」

美紗をいったんまな板の前からどかすと、調味料の棚から塩が入ったポットを取り出す。それをまな板の上のオクラにまぶすと、手のひらを使って馴染《なじ》ませるようにオクラを転がした。

「こうしておくと産毛もとれるし、茹でたあとの色も鮮やかになるから」

「へえ。こんなにお塩つけて、しょっぱくならないんですか？」

「バカ。なんのためにお湯わかしてるんだよ」

「そっか」

茹でてしまうのだから、多少の塩分の多さは問題ないということだ。

「あとやっといて」

「はーい」

冷蔵庫から鶏肉を取り出して下処理をはじめた本橋を横目で見つつ、美紗は沸騰した鍋の中にオクラを放り込んだ。

最初の印象ではもっと厳しくされるのかと思っていたが、存外丁寧な教え方に少しずつ本橋への印象が変わってきた。

二人でスーパーに買い物に出かけるときもそうだった。

ある程度のメニューは決めてあるけれど、その日の野菜の値段や鮮度を見ながら、ああでもないこうでもないと言いながら買い物をするのは、本物の恋人同士か新婚夫婦のようだ。

これで隙あらば唇を奪ったり、際どいことを口にしたりしなければ、美紗が思い描いている理想の男性像に近いのにとすら思ってしまう。

これまで会社で見聞きしていた、女子社員にも厳しく仕事をバリバリとこなす本橋の姿とはまったく別人なのだが、そのギャップも悪くないと思えてしまう。

ある意味美紗にだけ見せる本橋の素の部分なのだと考えたら、かなりの萌《も》えポイントだ。

そんなことを考えていたら、突然本橋の鋭い声が耳に飛び込んできた。

「美紗！　茹ですぎ！」

「えっ⁉」

その声に鍋を見ると、沸騰したお湯の中でオクラがクルクルと踊っている。美紗が慌てて鍋に手を伸ばすよりも早く本橋の手が鍋をさらい、シンクの中のザルの上に中身をあけた。

すぐにむわっと白い湯気が上がり、ザルの中に流水が注ぎ込まれた。

「あーあ、柔らかくなりすぎたな」

がっかりした口調に美紗はしゅんと肩を落とした。

「ご、ごめんなんさい」

「ったく。料理をしてるときは余計なこと考えるなよ」

「…………」

「茹で浸しにしようと思ったけど、柔らかすぎるから別のメニューにしよう。みじん切りにしてくれる？」

「……はい」

その声音は怒っているというより、呆《あき》れている感じだ。野菜ひとつまともに茹でることが出来ない自分に不甲斐なさを感じながら、美紗は黙々と手を動かすしかなかった。

結局茹ですぎたオクラは梅干しと鰹節《かつおぶし》と一緒に和えられ、冷や奴にのせられダイニングテーブルに並べられた。

「で？　なに考えてたんだ？」

「え？」

テーブル越しに尋ねられ、美紗はほんの少し首を傾げた。

まさか会社と家で見せる姿のギャップに萌えていたなんて言えない。美紗は一瞬考えて言葉を選んだ。

「えぇっと……本橋さんはどうしてこんなにお料理が上手なのかなって」

前から疑問に思っていたことを口にした。

「へえ。美紗、俺のことに興味あるんだ」

からかうように見つめられ、そのなんとも言えない甘い視線に狼狽《うろた》えてしまう。

「べ、別に……うちはお父さんもお兄ちゃんもお料理しないから、男の人なのにお料理が得意なのってめずらしいなって思っただけです」

「ああ、そういうことか。俺さ、高校までずっとサッカーをやってたんだけど、運動系の部活って土日も練習や試合があって弁当が必要になるだろ。うち、親が休日も仕事だったから、自分でおにぎりとか簡単なものを作って持っていくようになったのがきっかけ」

「へえ」

「たいした理由じゃないだろ？」

自分で作ろうと考える所がすごい気がする。兄も部活でバスケットをやっていたけれど、やはり週末に試合や練習が多かった。でもいつも母が作った弁当を持って行っていたし、美紗自身、社会人になっても母にお弁当を作ってもらうのが当然だと思っていた。

自分でキッチンに立つようになってそのありがたみがやっとわかるようになったばかり

なのに、本橋は子供のころからちゃんと親に感謝できる人だったのだ。

また新たな本橋の一面を見た気がして、美紗は優越感のような特別な気持ちを覚えていた。


こうして週末ごとに本橋の部屋に行くようになって、いつの間にかひと月ほどが過ぎ、まるで昔からそうしていたかのように料理を教わったり、彼がデリップにアップする料理のための買い物を手伝うことに慣れてしまった。

一緒に買い物に行くときもあれば、前の日の夜か当日の朝にメールが来て、指示があったものを買っていくこともある。

メインの食材や野菜は自分で選ぶけれど、薬味や調味料などちょっとしたものを頼まれることが多い。

最初は彼女のふりをしろと言われたり、ケイのことをばらさないよう監視されているのかと思ったけれどそんなそぶりもなく、一緒に過ごすようになり本橋に感じていた印象がすっかり変わってしまった。

会社で会話をすることはほとんどないせいか、こっちの方が美紗にとっては本当の本橋という感じだ。

それと同時に自分がいかに料理が出来なかったのかを思い知らされた。

まず彼の言う通り料理の基本が出来ていなかった。先日の〝さしすせそ〟ではないけれど、野菜や肉の下ごしらえの仕方、調味料を入れるタイミングなど知らないことばかりだ。

さすがにタコとイカの区別はつくけれど、魚となるとまったくわからない。並んでいるのがイワシなのかアジなのかはたまたそれ以外の魚なのかお手上げ状態になる。

一緒に買い物に行くと本橋が見分け方を教えてくれるけれど、慣れるまではなかなか難しそうだ。

今朝も本橋からメールが来て、今日はデリップ関係の仕事でお客様がくるから、美紗ひとりで買い物をしてくるよう頼まれていた。

幸い野菜や豆腐、卵などひとりでも選べるものだから、美紗はスーパーの開店にあわせて家を出た。

本橋の家の最寄り駅で電車を降り、彼行きつけのスーパーで買い物を済ませると、マンションへ向かった。

「こんにちは～買い物してきました～」

玄関には美紗のものではないパンプスと本橋の趣味とは違う男性用の革靴が二足並んでいる。どうやらすでにお客様がきているらしい。

美紗が自分の靴を揃《そろ》えていると、リビングから本橋が姿を見せた。

「おはよう。買い物サンキュ」

そう言いながら美紗の手からスーパーの袋を受け取る。

「お客様、もういらしてたんですね」

「ああ。たった今」

二人でリビングに入ると、広いダイニングテーブルの椅子に男女の姿があり、二人は美紗に向かって笑顔で会釈をした。

「こんにちは」

ぺこりとお辞儀をしてからシンクで買ってきたものを取り出す本橋の隣に並ぶ。

「ひとりで平気だった？」

「もちろんですよ。卵と～絹ごし豆腐と～あと、ほうれん草ですよね。言われた通り葉っぱがピンとしてて瑞々《みずみず》しいのを選びました！」

美紗が自信たっぷりに応える。すると袋から買い物を取り出した本橋が肩を落とした。

「……って、おまえこれ小松菜じゃん」

「ええっ⁉」

「ほうれん草も知らないのか？　何度もうちで料理してるだろ」

「だって……袋に入ってなかったから……」

ほうれん草だけは本橋が指定した近所の八百屋で購入したのだが、スーパーで売っているもののように、商品名が書かれた袋には入っておらず、ビニールテープで縛っただけのものだったのだ。

一瞬迷ったけれど、さすがに自分でもほうれん草は間違えないと思ってこちらを選んできたのだった。

「わかんないときは店の人に聞けっていつも言ってるだろ」

「ご、ごめんなさい……」

「あと人がいなかったらスマホで写真検索しろ。いいか、ほうれん草の葉っぱはここのところが少しギザギザで」

本橋の講釈が始まりかけたとき、クスクスと笑い声が聞こえて、美紗はお客様がいたことを思い出した。

今の女子力の低いやりとりを、全て聞かれてしまっている。

「あ。すみません。お客様を放ってしまって」

本橋が慌てて、小松菜を美紗に押しつけリビングへ出て行く。それからチラリと振り返った。

「美紗。コーヒー淹《い》れてくれる？」

「はい」

すでにコーヒーカップやドリッパー、お茶請け用の可愛らしいパッケージのチョコレートも用意されていて、美紗はお湯を沸かして手早くコーヒーを淹れた。

お客様と本橋の前にコーヒーカップを置いて、美紗は深々と頭を下げた。

「先ほどは大変失礼しました」

「とんでもない。とっても面白かったわ」

そう言いながら、女性はにっこりと微笑んだ。

（面白かったって……やっぱり同性から見ても残念だよね）

美紗はしゅんと肩を落としながら、こっそり女性を見つめた。

出版社の人だと聞いていたけれど、軽く巻きの入った髪を耳の後ろでヘアクリップで留めただけの簡単な髪型なのに、華やかに見える。

年は本橋と同じぐらいだろうか。いかにもやり手の雑誌編集者という感じだ。隣の男性も年代は一緒のようだが、女性の方が上司か先輩という雰囲気に見える。

「可愛らしい彼女さんですね」

「まあね」

ボンヤリしていた美紗は、そう言われてギョッとして本橋に視線を向けた。

否定してくれればいいのに、まんざらでもなさそうに笑いながら立ったままの美紗を見上げている。

「ち、違いますよ⁉　私はケイの弟子っていうか、あ！　み、見習いです！」

女性に向かってそう叫ぶと、今度は本橋に向き直った。

「どうして否定しないんですか！　誤解されちゃうじゃないですか」

「なんで？　この前俺の彼女ってことで落ち着いたじゃん」

「そ、それは」

あくまでも会社での女性対策のためのふりなのだから、出版社の人たちにまで誤解させる必要はない。

「と、とにかく人前で彼女とか言わないでください！」

するとと本橋は美紗の言葉に軽く頷くと、出版社の人たちに向かって肩をすくめた。

「俺の彼女恥ずかしがり屋なんですよ。カワイイでしょ」

「な！」

「ホント、なんか初々しくてかわいいわ〜。ね、倉田君《くらた》」

「ですよね〜今時こんなかわいらしい反応をする子って珍しいですよ」

「だから違うんですってば！」

「まあまあ。おまえも座れって」

このままでは本当に本橋の彼女だと思い込まれてしまいそうな空気の中、なぜか隣に座らされてしまう。

「あら、ごめんなさい。ご挨拶がまだだったわよね」

女性は唇に笑みを浮かべたまま、美紗に名刺を差し出した。

「はじめまして。相川《あいかわ》です。ライフスタイルという月刊誌の編集をしています。こっちは倉田。彼は先月ファッション誌から異動になって、今は色々勉強中なのでよろしくね」

「あ、笠原美紗と申します」

美紗は名刺を受け取りながら、その指先をじっと見つめてしまう。ネイルがしっかりと施されていて、名刺を差し出す仕草さえ女性らしく見える。

いかにも仕事もプライベートも充実していますという空気が醸し出されていて、自分と比べるのも失礼だと思いながらも、うらやましく思ってしまう。

倉田と紹介された男性からも名刺を受け取ると、相川が美紗の前に一冊の雑誌を置いた。

「これ、うちの最新号。女性向けだから良かったら読んでね」

「ありがとうございます」

表紙のロゴを見て、母がいつも購読している雑誌だと気づく。

「これ、母が毎月買ってます」

「あら嬉しい～お母様によろしくね」

「はい」

相川に微笑まれ、その笑顔の綺麗《きれい》さにドキドキしてしまう。本当の美人は女性も魅了してしまうらしい。

「ではケイさんに改めて今回の企画の説明をさせていただきますね。今回は一年を通じてファミリーとかミングル、新婚夫婦をテーマにした家庭的な食卓を演出していただきたいと考えています」

美紗は、テキパキとレジュメを取り出し説明をはじめた相川の声に耳を傾けた。

「家庭的ね……」

小さく呟《つぶや》いた本橋の声が思いのほか乗り気でないように聞こえ、チラリと視線を向けたけれど横顔だけではよくわからなかった。

もちろん向かいに座る相川はそれに気づかず、レジュメに沿ってさらに説明を続けていく。

「最近は読者さんも共働きのご家庭が多いですから、月によっては作り置きを中心に紹介していただいたり、季節に合わせた食材を使ったり、花見など行楽をテーマにすることで幸せそうな家族が連想できる写真です。ケイさんの写真って基本ひとり飯がテーマなのでお箸が一膳ですよね。今回は、向かい合わせの食卓でその向こうにもうひとセット食事が用意されているとか、お箸やお茶碗《ちゃわん》が二人分あるとか、写真の向こうに誰かがイメージできるようなものと言えばわかりやすいでしょうか。デリップさんと私どもの雑誌とのコラボレーションということで、誌面ではレシピも含めてご紹介させていただきます」

つまりデリップで写真をアップして、雑誌の方では写真とレシピを掲載するということだろう。美紗は隣で黙って聞いていたけれど、面白そうな企画だと思った。

ケイはフォロワーも多いからそれだけで売り上げが伸びそうだ。それにイケメンだから顔出しなどしたら、さらに雑誌の読者からフォロワーが増えてしまうかもしれない。

「写真の雰囲気やカラーはどんな感じですか？　共働き夫婦っていうと都会的でスタイリッシュなイメージだし、ミングルっていうと最近ならルームシェアとかシェアハウスが思い浮かぶけど」

「ああ、シェアハウスでのパーティっていう設定もいいですね。今回はスタイリッシュよりは温かみがある感じで……例えば木目とかグリーンとか、オーガニックに拘る企画ではないんですが、プチロハスな感じというか」

「なるほどね」

説明に納得したのか本橋は頷いているけれど、美紗には後半部分の言葉がほとんど理解できなかった。

ここ数年雑誌やテレビでロハスという言葉を目にしていて、リビングに並んでいる母の料理本やナチュラルライフのような雑誌と一緒に〝ロハス〟という文字を見かけたことがある。でも具体的にそれがどういう意味なのかはよくわからなかった。

「そうなると、うちで撮影って感じじゃないなぁ」

言われてみれば、本橋の部屋はマンションこそファミリー用だが、ナチュラルというイメージとは少し違う気がする。

元々ケイはデリップではひとり暮らし男飯という感じの写真をアップしているから、彼がファミリー向けの食卓を演出するとどんなふうになるのか興味があった。

「そうですね。どこかスタジオとか撮影用の民家を手配しましょうか」

「本当に普通の一軒家でいいんだけど。作られたスタジオっぽい感じじゃなく、普通に生活している中の一コマを切り取りたいな。リビングからは小さな庭が見えて、窓から自然光がはいってくる感じ。料理は月ごとにテーマを決めてもらえれば、それにあわせて考えますよ」

普段会社ではスーツを着て営業をバリバリこなしている本橋だが、気がつけば週末に会う私服のケイの方に見慣れてしまっている。でもこうして相川とやりとりをしている姿は、彼がどんなジャンルの仕事でもこなせるのだと改めて実感させられた。

やっぱり仕事がデキる男はどんな環境でも自分の力を発揮することが出来るのだろう。

会社にいる本橋もカッコいいと思うけれど、美紗はこうやってクリエイティブな仕事をしている本橋の方が好きだと思った。

（好き⁉　いやいや、ちょっとカッコいいと思っただけでしょ！）

美紗は頭の中に浮かんだ考えを、慌てて否定した。今まで本橋をカッコいいと思ったことはあっても、好きと感じたことなどなかった。

それなのに自然に浮かんできた気持ちにびっくりする。自分は本橋のことを男性として意識し始めているような気がして、急にドキドキしてきてしまった。

人柄や性格が好きかと聞かれれば、ちょっと意地悪だし、美紗の理想の男性像とは違う。確かに料理をしているときの本橋は悪くないと思うけれど、そんなに簡単に人の気持ちが変わるものだろうか。

ひとり考え込む美紗の横で打ち合わせは進んでいて、どうやら相川が撮影場所を探してみるということで落ち着いたらしい。

「うーん。じゃあちょっと候補を探してみますね。生活感、リビングから庭、と」

「僕が前にいたファッション誌のときロケで使った家とかピックアップしましょうか」

倉田がメモを取りながら言った。

「そうだなぁ。ファッション誌でロケに使うような家って、家庭的とは遠いような気がするのよね。きれいすぎるっていうのかな。もっと普通にお父さんとお母さん、それに子どもたちが囲むような普通の家庭っぽさが欲しいのよ」

「なるほど。難しいっすね」

倉田と相川の会話を聞いていた美紗は、思わず口を開いた。

「あのぅ……良かったら、うちを撮影に使ってもらってもかまいませんけど」

その提案にまず反応したのは相川だった。

「美紗ちゃんのおうちって、ご実家？」

「はい。今両親は海外赴任していて、兄も転勤で地方にいるのでひとり暮らしなんです。母がずっと専業主婦で料理とかインテリアに拘りのある人で……って言っても普通のおばさん趣味なんで、ケイがいつも撮影に使ってる食器とか、色々運び込む必要があると思いますけど」

頷きながら話を聞いていた相川がさらに身を乗り出してくる。

「ね。美紗ちゃんのおうちってどこにあるの？」

「ええっと、私鉄の牧の台です。駅から徒歩で十分弱ぐらいなんですけど」

「あら、閑静な住宅街で、ファミリー層に人気のエリアじゃない。ケイさん、彼女の家いいかもしれませんよ？　どうせ食器は撮影用に選ぶからケイさんの私物以外はほとんどこちらで搬入しますし、一度見せてもらいましょうよ」

「……いいのか？」

こちらを気遣うような本橋の言葉に美紗は笑顔で頷いた。

「もちろんです。一応あとで両親に許可はとりますけど、もし撮影で使っていただけたら、母なんて大喜びしちゃうと思いますよ」

「よし！　じゃあ決まり!!　やーん。美紗ちゃんったら救世主！　天使だわ!!」

相川の大袈裟《おおげさ》な口調には苦笑いが漏れてしまうけれど、ケイの料理や撮影風景を間近で見られると思うと、楽しみで仕方がなくなった。

話はトントン拍子に進み、打ち合わせが終わった相川たちを送り出したあと、いつも通りケイがデリップにアップする料理を作り、美紗はそれをご馳走《ちそう》になった。

「はぁ。美味しかったです～」

ソファーでコーヒーの入ったマグカップを手に、美紗は満ち足りた吐息を漏らした。

今まで見るだけだったケイの料理を毎週のように味わうことが出来るなんて贅沢《ぜいたく》すぎる。それに聞くだけとはいえ雑誌撮影の打ち合わせに参加させてもらって、本橋と知り合ってから新しい世界を色々知ることができ、週末が待ち遠しい。

「相川さんって素敵な人ですね。なんか仕事もバリバリできそうだし、美人だし、大人の女性って感じ。憧れちゃいます」

「そうか？　まあ仕事はできるのかもしれないけど、あんまりバリバリされると男としては自信無くすヤツもいるんじゃないの」

「そんなもんですか？」

「少なくとも俺はそう。もちろん仕事は頑張っていいと思うけど、無理する必要ないし」

初めて本橋の女性観を聞いて意外な気がした。勝手なイメージだが本橋と並ぶなら同じように仕事が出来て、同じような価値観を持っている女性ではないかと思っていたのだ。

「それにおまえだって十分頑張ってるって。入社二年目であーんな海千山千みたいな派遣のおばちゃんたち仕切ってるんだから」

「派遣のおばちゃんはひどいですよ！　コールセンターは派遣さん頼みなんですから。それに私が仕切るっていうか、半分ぐらい派遣さんに仕切ってもらってるんですけどね」

思わず本音を口にすると、本橋が隣で弾けるように笑い出した。

「確かに。おまえはまだ振り回される側だよな」

「もう毎日勉強ですよ～」

今までになく寛いだ様子の本橋の笑顔に、急に胸がキュッと苦しくなる。本橋が憧れていたケイで、並んでソファーに座っているなんていまだに信じられない。

それに本橋が美紗の仕事ぶりを知っていてくれたのも驚きだ。同じフロアとはいえほとんど接点がないのだから、社交辞令だとしても嬉しい。

彼の笑顔が眩《まぶ》しくてドキドキするなんて、自分は本当に本橋のことを好きになっているのだろうか。

確かに、一緒にいると楽しいし、彼が笑ってくれると嬉しい。いつの間にか彼がどうすれば笑顔になってくれるか考えている自分がいるのだ。

「あの。私、勝手なことしちゃいましたか？」

「なにが？」

会話から外れた美紗の問いに、本橋はほんの少し首を傾けた。

「なんとなく今日の企画に乗り気じゃないように見えたので、私が余計なこと言っちゃったかなって」

相川の説明を聞いているとき、一瞬だけ曇った本橋の表情が気になっていたのだ。もし本橋が企画を断ろうとか、別の内容を提案しようと考えていたのだったら、自分は余計なことをしてしまったことになる。

しかし美紗の心配をよそに、本橋はあっさりと言った。

「それより、本当に来週おまえの家に行ってもいいのか？　別に撮影ならスタジオを借りることも出来るんだし」

一瞬はぐらかされたのかとも思ったけれど、その横顔に後ろめたそうな色はない。自分の気のせいで、心配のしすぎだったのかもしれないとホッと胸を撫で下ろした。

「全然大丈夫ですよ。むしろ立候補してみたものの、うちでいいのかなって。見てもらってもしイメージと違うようなら、断ってくれてもかまいませんから」

「サンキュ。じゃあお言葉に甘えさせてもらうわ」

本橋は頷きながらマグカップに手を伸ばす。コーヒーを一口啜《すす》ると言った。

「昼間も思ったけど、おまえコーヒー淹れるのうまいな」

「ホントですか⁉」

褒められると思っていなかったから、思わず身を乗り出してしまう。

「ホント。料理以外の家事はまったくダメなわけでもないみたいだし、自分の料理がまずいって自覚があるんだから味音痴でもないだろ？　レシピ通り作るクセをつければ上達するって」

「上達、できますかね……」

本橋の見よう見まねで茹でる切る炒《いた》めるなどの基本は出来るようになってきたけれど、味付けや見栄えとなると難しいのだ。

「俺がちゃんと教えてやるって」

「はい！　頑張ります‼」

（そうだよね。二十三年間なにもしてこなかったんだから、もっと努力しないと！）

美紗が心の中でガッツポーズをして気持ちを奮い立たせていると、突然本橋の手が頬に触れた。

突然のことにピクンと身体を震わせて本橋を見つめると、その目がいつの間にか優しく細められて、指が思わせぶりに頬の輪郭を撫で下ろす。

「あ、の……」

「こっちも教えて欲しい？」

唇をなぞられ、くすぐったさに肩を揺らす。

「頑張ってるおまえって、結構カワイイ」

ソファーから身を起こした本橋が、かすめるように美紗の唇を奪う。

「な、なにするんですか！」

本格的に頬を寄せられる前に後ずさりをして本橋から身体を離す。今の流れはそんな甘い雰囲気ではなかったはずなのに。

「いいね、その男慣れしてない反応。今すぐソファーに押し倒したくなる」

「ダ、ダ、ダメです！」

美紗は飛び上がるようにソファーから立ちあがった。

「明日は会社だし、もう帰らないと！」

美紗は動揺と恥ずかしさで真っ赤になっているというのに、本橋はその反応を楽しんでいるのか満足げな笑みを浮かべている。

「へえ。美紗は明日休みだったらダメじゃないんだ？」

「ち、違います！　どうして揚げ足とるようなこと言うんですか！」

「はいはい。じゃあ駅まで送ってやるから支度しろ。でも、おまえのチームって、土日休みのシフトじゃなかったっけ？」

本橋がソファーから立ちあがりながら大きく伸びをした。

「私のチームはそうなんですけど、愛梨《あいり》先輩……あ、伊藤《いとう》さんがお友達の結婚式だそうで、私が先輩のチームを見ることになってるんです」

「なんだ。それだったら今日はゆっくり休みたかったんじゃねーの？　そういうことならちゃんと言えよ」

「全然平気ですよ！　家にいても一人でゴロゴロしてるだけだし、ケイにお料理習える方がお休みより嬉しいですから」

もう忙しいときは来なくていいと言われそうな気がして、美紗は慌てていいわけをする。あまりにも必死に見えたのか、本橋がクスリと笑いを漏らした。

「まあ無理はするなよ？」

大きな手でワシワシッと頭を撫でられて、悪い気がしない。

両親とも兄とも違う自分を甘やかしてくれる手に、一瞬だけ身を委ねたいと感じた美紗は、その想いを慌てて打ち消した。

4　ときめくのはあなただから

本橋が笠原家にやってくる約束の日。美紗は会社に出勤する日よりも早く起きて、朝から家中を掃除していた。

恥ずかしい話だが、母が海外赴任についていくまでは自分の部屋以外をまともに掃除したことなどなかった。

ひとり暮らしになって自室以外に風呂やトイレ掃除、リビング、キッチン、庭の水やりとやることがたくさんある事を知ったのだ。

母がいなくなるまで決まった時間に学校に通ったり満員電車に揺られる必要のない専業主婦はうらやましいと思っていた自分が恥ずかしい。

最初の一ヶ月は手を抜きすぎて、リビングがひどいことになり、季節柄風呂場に黒カビが発生した。

その次の月はネットで調べて毎日あちこち徹底的に掃除を頑張ったら、疲れて寝坊をした。

その話を母に電話で話したら、昔からなにをするのにも極端だと笑われ、やっと自分のペースで生活できるようになったのだ。

考えてみればひとり暮らしなのだから、毎日使うお風呂やトイレ掃除をきちんとしていれば、平日は会社に行くだけだし、出したものをその都度片付けるようにするとあまり散らかることもなくなった。

今朝は朝一で庭の水まきもしっかりした。世話の大変な花壇は母が立つ前に片付けていったので、週末に庭木に水をやるだけでいいと言われている。

この間本橋がリビングから見える庭の景色に拘っていたから、リビングのカーテンは開けたままにしておいた。今日は天気がいいから、自然光だけでも十分明るいはずだ。

美紗はダイニングテーブルに置きっぱなしにしていたスマホがメールの着信を知らせる音に、慌てて画面を開いた。

もちろんメールの主は待ち人で、美紗はホッとしたあと急に緊張しはじめてしまった。最初美紗は住宅街でわかりにくいから駅まで迎えに行くと申し出たのだが、住所を教えてくれればスマホの地図を見ていくから大丈夫だと断られた。

「冷たいお茶は作ってあるし、キッチンもトイレも掃除は大丈夫だよね」

早起きをして準備したし、何度も確認だってしたのだから大丈夫なはずなのに、もうすぐ本橋が訪ねてくると思うとそわそわして落ち着かない。

何度かソファーに座ったり、キッチンとリビングを行ったり来たりして、結局玄関まで行ってしまった。

お客様用のスリッパが並んでいることを確認して、やはりリビングで待とうと思った時だった。

――ピンポーン！

インターフォンの音がいつもより大きく聞こえた気がして、美紗は飛び上がった。

「はーい！」

そう叫んで三和土のサンダルを突っかけると相手を確認もせずにドアを開ける。すると門扉の前でまだインターフォンに向かって手を伸ばしていた本橋が、驚いた顔で目を見開いた。

「早いな」

「え？　あ！」

これでは玄関で本橋が来るのを待ち構えていたのがバレバレだ。美紗は赤くなりながらいいわけを口にした。

「け、今朝は郵便受け見るの忘れてて……っ、見ようかなって思ったらピンポンが……あ、あの、上がってください！」

なにを言っても嘘《うそ》に聞こえそうで、しどろもどろになってしまう。

落ち着いて本橋を迎えられるよう早起きをして準備していたのに、初っぱなからこれだ。美紗はがっくりと肩を落としながら本橋を迎え入れた。

「おじゃまします」

「ど、どうぞ」

心なしか上擦った声に気づかれないことを祈りながら、美紗はさっそく本橋をリビングに案内した。

「……いい部屋だな」

小さな声で呟《つぶや》くと、本橋はダイニングテーブルに近づいた。

「このテーブル。俺もこんなのが欲しいなって思ってたんだ」

笠原家のダイニングテーブルは両親がこの家を建てたときに購入した年代物だ。

天板が厚みのある無垢材《むくざい》の一枚板で、天然木の木目がはっきりと出ていて温かみがある。元々が焦げ茶色のテーブルは、年代を重ねて傷こそあるけれど、使い込んでいる分とろりとした飴色《あめいろ》の艶が出てきた。

椅子は同じ天然木で作られたひとりがけの椅子が三脚と、三人掛けのベンチシートになっている。

美紗は子供の頃から食事の時間以外でもよくこのベンチシートに座って宿題をしたり、母にその日学校であった出来事などを話して聞かせたものだ。

「この観葉植物は？」

本橋が窓辺にぶら下がっているグリーンネックレスやポトスの鉢を指さした。

レースのカーテン越しに窓から差し込む日差しが、本橋とグリーンをキラキラと照らす。

「これ、母の趣味です。他にもあちこちあるんですけど、この子たちどんどん伸びるし、水をあげるのも大変なんですよ」

「ああ、このポトスはもう芽を摘んで植え替えてやらないと手に負えなくなるぞ」

「そうなんですか？　母が水だけやればいいって言うから」

どうやら本橋は観葉植物にも詳しいらしい。料理も得意でインテリアも好きで、もう結婚しなくても一人で幸せな家を演出できてしまいそうな感じだ。

「簡単だから、あとで植え替えの仕方教えてやるよ」

「ホントですか！　よろしくお願いします。観葉植物、好きなんですか？」

「ああ、昔よく母親が思いついたように買ってきて、結局世話を押しつけられてたからさ。仕方なく覚えたの」

「へえ」

前も母親の話をしていたけれど、本橋の両親はどんな人なのだろう。笑顔の本橋の横顔にふとそんなことを考えた。

今日の本橋の笑顔はいつもより柔らかい気がする。会う場所が違うからなのか、彼がいつもよりリラックスしてくれている気がする。

「キッチンも見せてもらっていい？　ていうか、ご両親の許可は取れたのか？」

「はい。かまわないから好きに使ってもらいなさいって。で、掲載誌は是非！　アメリカにも送ってくださいって」

「もちろん。あとで相川さんに伝えるから、送り先を俺の携帯に送っておいて」

「はい」

食器はリビングの食器棚とキッチンに備え付けられている収納棚にそれぞれ保管されていて、母の話では納戸に大皿がしまってあるそうだが、今日は必要ないだろう。

「食器は昔から使ってるものばかりでデザインが古いと思うんですよ。食器はケイの持ち込みの方がいいと思います」

「いや。美紗のお母さん、いい趣味してるよ」

「え?」

食器棚を見た本橋が半ば感嘆するように言った。

「この辺なんてみんな美濃焼とかだけど、ほらこのお茶碗《ちゃわん》なんて結晶釉《けっしょうゆう》だ」

薄いブルーのグラデーションになっている茶碗を手に取って、美紗に見せた。

それはここ数年使っている家族のご飯茶碗で、父がブルーで兄がグリーン、母と美紗がそれぞれ黄色とピンクを使っているものだった。

「けっしょうゆう?」

言葉がわからず美紗が首を傾げると、本橋はクスリと笑う。

「その聞き方は知らないって顔だな」

「す、すみません」

俯く美紗に、本橋は呆《あき》れもせずに丁寧に説明してくれた。

「陶磁器は土で形を作ったら釉薬《ゆうやく》という薬品をかける。それが焼き上がるとこのガラス質の部分になるんだ。窯元さんによって配合が違ったり混ぜるものも色々だけど、この結晶釉は釉薬に含まれる成分が冷えるときに結晶化して、まるで雪や花の模様みたいにみえるからそう呼ばれている。雪の結晶と一緒で、決して同じ模様は出来ないんだ」

「へえ！」

自分で食器屋に出入りするぐらいだから好きなのは知っていたけれど、一目見てどんなものかもわかるなんて相当博識だ。

「結構いい値段するはずだけど、聞いたことない？」

「全っ然、知りませんでした」

むしろそんないいお茶碗を普段使いにしているのなら教えて欲しかったと、母に愚痴りたい気分だ。もし留守中に割ってしまったら、確実に怒られるレベルだろう。

「なんだよ、こんなにいい食器ばっかり並んでるのに、俺おまえのＳＮＳで一度も見たことないぞ」

「だって、新しいデザインの方がお洒落《しゃれ》にみえるじゃないですか」

「バカだな。どんなお皿だって盛り付け方と彩りでそれなりに見えるんだよ。おまえの場合食器じゃなくて腕がないだけ」

「その腕がないから食器に逃げてるんですよ！」

美紗がふて腐れて頬を膨らませると、その顔がよほど面白かったのか本橋が噴き出した。

「しょうがないな。じゃあ俺がこの食器使って盛り付けてやるよ。どうせ来週の試作もしたかったし、丁度いいから昼飯作ろうぜ。ここのキッチン使っていいか？」

「もちろんです」

そのつもりで昨日の夜中にコンロまで綺麗《きれい》に磨いたのだ。

本橋が美紗の家の調味料や冷蔵庫の中身を確認してから、近所のスーパーで買い物をして調理に取りかかった。

休日の午前中に二人で買い出しに行くなんて、なんだか新婚夫婦みたいだと思わず妄想してしまう。

会社にいる本橋は美紗の理想の男性ではないのに、こういう休日の過ごし方は美紗の理想にぴったりなのだ。

簡単な昼ご飯のあと、撮影のために美紗の家の食器を使って試作品を作ることになり、美紗も勉強のため調理を手伝わせてもらえることになった。

「おいこら、ちょっと待て。目分量で調味料入れないで計量スプーンを使え！」

「だって、ケイも計らないじゃないですか」

「ばか。俺は何度も作って経験があるだろ。おまえは初心者なんだから、まずぶれない正しい味を覚え込むんだよ」

「なるほど」

ケイと二人並んで自宅のキッチンに立っているなんて不思議だ。

本橋は初めてのキッチンだというのに戸惑うこともなく、いつも通り手際よく料理を仕上げていく。

「ん。口開けろ」

「あ」

菜箸で口の中にインゲンとニンジンのごま和えが放り込まれる。

「美味しいです！」

「当たり前。ちゃんとこの味を覚えておけよ。今日は多めに作って冷蔵庫に入れておくから、弁当とかにいれろよ。おまえの弁当彩りが悪い」

「な、なんで知ってるんですか⁉」

「みんなで使う休憩室なんだから、通りすがりにいくらでも覗《のぞ》けるんだよ」

「……」

「こうやって週末に作り置きして冷蔵庫に入れとけば、三、四日は食べられるから。あと肉とか魚系のおかずは火を入れてから小分けに冷凍。おにぎりとコンビニのサラダばっかりだと美容に悪いぞ」

「……」

通りすがりどころかお弁当の中身をほぼ知られている気がする。

たくさんいる女子社員のひとりなのにこんなに気にしてくれているなんてびっくりだ。営業職はお客様に対しての観察力がすごいと聞くけれど、本橋は社内もよく見ているらしい。

かなり材料を買い込んできたのに、本橋は手際よく料理をして十品以上は作っただろうか。

美紗の家の食器を使って盛り付けたのだが、本当にいつも使っている食器だとは思えないほどセンスのいい盛り付けに溜息《ためいき》が漏れてしまう。

小鉢をいくつか使って、ほんの一口程度の箸休めの惣菜《そうざい》の種類も多く、とにかく彩りが綺麗だ。

「配色のポイントは赤、黄色、緑、白、茶色。メインはどうしても茶色のおかずが多くなるから、他の色をしっかり周りに配置するんだ」

「ちょっとしたおひたしとかごま和えなのに、小鉢とかの数を多くすると豪華に見えますね」

「ああ。でもおまえの場合はまずワンプレートから練習すれば？　例えばさ」

本橋は直径三十センチほどの、グレーの丸い皿をテーブルの上に置いた。

「まず真ん中にメインを置く。それから周りを囲むように小鉢に入れるような惣菜を置くんだ。例えば、きんぴらをそのまま置いてもパッとしないだろ？　大葉を一枚敷いてから置くと」

「わあ。映えますね！」

「欲張って量を多く載せすぎない。あくまでも一口サイズで梅干しひとつでも品数が多い方が見栄えがいいんだ」

あっという間に何の変哲もない皿がカラフルなプレートに変わっていく。

「すごい！　写真撮ってもいいですか？」

「いいけど、試作の料理だからデリップにはあげるなよ？」

「もちろんです。参考に残しておくだけですから」

美紗がスマホを取り出すと、本橋がランチョンマットを敷いた上にお箸と一緒に並べてくれた。

結局昼食をしっかり食べたのに、ケイが作った料理を片っ端から試食させてもらい、夕方になるころには、人生で一番食べたのではないかと言うぐらいお腹がいっぱいになってしまった。

「苦しい……もう食べられません……」

キッチンで食後のお茶を淹《い》れていた美紗は、思わず呟いた。

「バカ。昼飯はともかく、午後の試作品まで全部食べることないだろ。こういうのは一口ずつにしとかないとすぐに太るぞ」

美紗がトレイに二人分の湯飲みを載せて運んでいくと、本橋はテレビの前に置かれたソファーで、まるで自宅のように寛いでいた。

「だって、ケイのお料理なのに、もったいないじゃないですか！」

「だから残った分は冷凍しといてやるって言っただろ」

「そうなんですけど」

ケイの料理はどれも美味しそうで、全て味見をしなくては気が済まなくなってしまうのだ。もしかしたら食欲が止まらなくなる媚薬《びやく》でも入っているのではないだろうか。

美紗はそんなことを考えながら湯飲みをテーブルの上に並べた。

「今日は緑茶にしました」

「サンキュ」

軽く頷いて口をつけた本橋が、満足げに美紗を見た。

「コーヒーも淹れるのうまかったけど、お茶もうまいな」

その笑顔は社交辞令には見えなくて、美紗も笑顔を返す。

「ありがとうございます。コーヒーとお茶の入れ方だけは就職が決まったときに母から教えられたんです。普段はキッチンに入れなんて言わないのに、その時だけは強制的に」

美紗はその時の母を思い出して、思わず笑みを零す。

女の子は就職したらお茶汲《く》みが仕事なのだからと仕込まれたのだ。父や兄は今時女子社員をお茶汲み扱いなんかしないと笑ったけれど、こうして褒めてもらえるのなら母に仕込まれて良かったと思える。

その時のエピソードを話して聞かせると、本橋はぽつりと呟いた。

「いいな、おまえの家」

「え？」

「俺さ、本当は、こういう家庭的な空気って苦手なんだ。でもおまえの家は落ち着く」

本橋がソファーの上で大きく伸びをした。

「そうなんですか？」

先週の打ち合わせの時の、本橋の呟きを思い出した。

「今日さ、この家におじゃまさせてもらって、なんでおまえがそんなふうに明るく素直に育ったのかがよくわかったよ。恥ずかしい言い方だけどこの家は部屋のあちこちに愛情がいっぱいあって、おまえが両親とかお兄さんに愛されて、伸び伸びと過ごしたんだろうなって」

そう口にした本橋の瞳は美紗を見ていなかった。横顔は少し孤独で、少し切ない。どうしてそんな顔をするのだろう。

「ケイのおうちは……違ったんですか」

思わず口をついて出た問いに、本橋の瞳が揺れた。もしかしたら聞いてはいけないことだったのかもしれない。

「す、すみません。失礼なこと聞いちゃって！　忘れてください!!」

「いや、いいよ。さっき苦手って言ったけど、ホントは俺、知らないんだよ。家庭的な雰囲気を」

「……え？」

「うちは両親ともに共働きで、小さい時から保育園に預けられてたし、小学校に上がってすぐに離婚したたし、家庭的ってよくわかんないいんだよ。俺は母親に引き取られたんだけど、ほとんど仕事でいなかったしさ。もちろん母もあの人なりに一生懸命俺を育ててくれたんだろうけど、おまえの家とは全然違う。わからないから無意識に避けてたのかもしれない。SNSなんてなにも考えずにはじめたつもりだったけど、もしかしたらひとりでも幸せそうな食卓を作りたかったのかもしれないな」

本橋は小さく息を吐くと、なにかを振り切るように顔を上げた。

「……だから、おまえがいて良かった」

いつもの力強さはなりを潜め、その笑顔は弱々しくすら見えて美紗は胸が苦しくなった。美紗に容赦ない言葉をぶつけるし、たまにしか優しくないし、想像していた理想の男性像とは違うはずなのに、本橋のそばに行きたくてたまらない。

この気持ちをなんと呼ぶのか。美紗はその想いに気づいて、立ちあがって本橋の頭を抱きしめた。

「もう！　大袈裟《おおげさ》なんですよ。私ってケイのパシリなんでしょ？　いつでも呼ばれたら飛んでいきますから、ひとりの食卓が幸せなんて言わないでください。私は毎週ケイの料理が食べられるのが楽しみで仕方がないんですから」

この人のそばにいたい。守るなんておこがましい言葉だけれど、彼に悲しい顔をさせたくない。

今まで家族にも他の誰にも感じたことのない感情に心と身体が震える。感極まって涙ぐんでしまいそうなほどだ。

「も、もちろんちゃんと料理は教わりますからね。私の料理の腕が残念なのはケイが一番わかってるでしょ」

「……うん」

美紗の胸の辺りに顔を埋めたまま、本橋が頷いた。

「だいたい、家庭的の定義なんて決まってないんですから、ケイの好きなようにすればいいんです。そうだ！　今度母にも紹介しましょうか。私より色々教えてくれると思いますよ」

「おまえ、母親に紹介するって……」

突然顔を上げたケイに見上げられて、美紗は自分が口にした言葉に真っ赤になった。

「べ、別に深い意味なんてないですから！」

いつの間にか美紗の腰に腕が回され、抱き合うような格好になっている。美紗は慌てて離れようとしたけれど、それよりも早く腰に回されていた手に力がこもり、逃げられなくなってしまう。

「あ、あの……新しいお茶、淹れましょうか。さ、冷めちゃったかも」

「美紗」

「そうだ！　母がアメリカから送ってくれたチョコレートがあるんです！」

とにかくこの密着した状態から離れたい。身体がムズムズとして、気持ちがザワザワしてしまうのだ。

美紗がなんとか離れようと身体を揺らすと、先ほどよりも強く名前を呼ばれた。

「美紗」

「……はい」

観念して返事をすると、美紗を見上げる瞳が甘く、誘うように揺れた。

「明日の予定は?」

男の人に見上げられるなんて初めてかもしれない。相変わらず身体を抱きしめられたままの本橋を見下ろして、美紗はそんなことを考えてしまう。

「……お、お休みです」

「じゃあ、今夜はここに泊まってもいい?」

頭のどこかで予想していた言葉に、美紗は頬が熱く火照るのを感じた。

「……あ、あの……」

付き合ってもいない男の人を家に泊めたなんて知られたら、母など卒倒するかもしれない。もちろん本橋が泊まるということがなにを意味しているのかわかっているし、恋人でもない人に抱かれるなんていけないことだ。

それでも本橋の熱い眼差しに見つめられると、それでもいいのだと思えてしまう。

「美紗」

(――もう、ダメ)

どうしてこの人に名前を呼ばれると、身体が熱くなってしまうのだろう。美紗はこれ以上見つめ合っていることが苦しくて、ギュッと目を瞑《つぶ》って頷いた。

＊　　＊　　＊

どうやって本橋を自分の部屋に案内したのかも憶えていないけれど、気づいたときには自室のベッドの上でキスをされていた。

もう何度か経験した、舌を絡ませる官能的な口づけに美紗の呼吸が荒くなる。

「ん……は……んぅ……っ」

口蓋を舌で擦られると美紗が甘えたように鼻を鳴らすことを知っていて、熱い舌で弄られる。いつもと違うのは、大きな手で背中や腰を撫《な》でさすられているということだ。

「は……んん……っ」

少しずつ手の動きが大胆になるにつれて、本当にこれで良かったのかわからなくなる。

ただ一緒にいたいという想いでいっぱいになり、今夜は本橋と離れたくないと思ってしまったのだ。

身体を弄っていた手が胸の膨らみに触れた瞬間、美紗はビクリと身体を震わせてしまう。

「やっぱり恐くなった？」

耳朶《じだ》に唇を押しつけられて、その熱さに頭の芯がジンジンと痺《しび》れる。

「今夜は優しくするから安心しろ」

柔らかな耳朶に優しく歯を立てられ、美紗は甘い声を漏らした。

「あ……ン」

「そう。おまえはそうやって感じてればいいから。全部俺に任せて」

本橋はそう言いながら器用に美紗のストライプ柄のシャツのボタンを外していく。すぐに薄いブルーの下着が露わになり、本橋はブラのホックを簡単に外すとそのまま美紗をベッドの上に押し倒した。

男の人に一枚ずつ服を脱がされるというのはエロティックで、悪いことをしているわけではないのに、背徳感を憶えてしまう。

しかも本橋の手つきは料理の手順のように迷いがなくて、冷静なときならどれだけの女性の服を脱がせてきたのかと勘ぐりたくなるけれど、今の美紗はそこまで考える余裕がない。

料理の下ごしらえでもするように丁寧に扱われているのがわかるから、美紗は大人しくされるがままになっていた。

ブラを肩から外され、デニムのロングスカートも引きずり下ろされて、あっという間にショーツ一枚の姿にされてしまった。

「……っ」

熱い視線で身体を見下ろされ、恥ずかしさに美紗の呼吸が浅くなる。呼吸をするたびに胸が大きく波打って、まだ誰にも触れられたことのない胸の尖端《せんたん》が誘うように揺れた。

両手で胸を覆い隠そうにも、その手は男の手でシーツに縫い止められてしまっている。その自由が利かない姿も羞恥心を煽《あお》った。

「あの、あんまり……見ないで……」

声が掠《かす》れて、うまく言葉が出てこない。

「どうして？」

理由は恥ずかしいからだとわかっているくせに、本橋は思わせぶりな笑みを浮かべるだけだ。

「まだここもピンク色ですごく……カワイイ」

そう呟くと、美紗と視線を絡ませたまま、空気に触れてピンと立ちあがった乳首を濡《ぬ》れた舌でねっとりと舐《な》めた。

「ひ、あ……っ」

初めての刺激に美紗の身体が大きく跳ねた。その反応を確かめるように、硬くなった頂を口に含まれ執拗《しつよう》に舐め転がされる。

「あっ……や、それ……ああん……っ」

さっきまでふっくらとしていた頂が、強く吸い上げられるたびに凝りのように硬く弾力を増していく。

舐められていない方の乳首も痛いぐらい硬くなっていて、本橋の指はその場所も揉《も》みほぐすように丁寧に愛撫《あいぶ》する。

「あ、あっ……ああっ。あ、あんまり触ったら……ダメ……ぇ」

最初は痛いと思っていた感覚が、じんわりと甘い痺れに変わっていく。

男の人に身体を触られるなんて恥ずかしいだけだと思っていたのに、本橋に触れられると少しずつ気持ちがいいと思ってしまうのだ。

しかも吸われているのは胸なのに、下肢が疼《うず》いて下腹部がじんわりと熱くなってしまう。

本橋の手はさらに官能を煽《あお》るように、柔らかな胸の肉に指が食い込むほど揉み上げてくる。

「あ……やぁ……ん……」

くすぐったさに身を捩《よじ》ると、押さえ付けるように体重をかけられ、さらに深く乳首を咥《くわ》え込まれてしまう。

ピチャピチャと音を立てて舐めたり、歯を立てられたり、舌先で頂を胸の中に押し込まれたり、美紗が想像したこともない愛撫が繰り返される。

「や、ダメ……そんなふうにしないで……ぇ」

早く放してもらわないと、おかしくなってしまう。必死で胸に顔を埋めた本橋から逃れようと思うのに、力強い腕にがっちりと押さえ込まれて動くことも叶わなかった。

「は……ぁ、ケ、イ……っ。ダメ……吸ったら……ダメなの」

媚《こ》びているみたいで嫌なのに、甘えた声を漏らす美紗の上で本橋がクスクスと笑う。

「美紗、知ってるか？　男はダメって言われるともっと触りたくなるんだ」

「え……ひぁっ!!」

自分の言葉を証明するかのようにもう一方の乳首を口に含み、さらに執拗な愛撫を繰り返す。

「や、あぁ……ん、んぅ……っ」

ヌルヌルとした刺激と独特の湿った熱が妙に生々しい。

いくら処女だとしてもこの年なのだから、男女がベッドでどんなことをするかぐらい知っているつもりだったが、美紗の想像を超えてしまっている。

「は……んぁ……やぁっ、ダメェ、おかし……なる……っ」

華奢《きゃしゃ》な肩を揺らして必死で抵抗したけれど、やはり逃げ出せそうにない。

「ま、待って……おねが……はぁっン……っ」

「待てない」

胸を揉みしだいていた手が腰を滑り、下着の上から下肢の中心に触れた。

ヌルリ、と下着が肌を滑る感触にギョッとする。

「あ……」

「ほら。ダメっていいながらこんなに濡れてる」

「……っ!」

耳元で囁《ささや》く本橋の声も艶めいているような気がして、美紗の鼓動がさらに速くなった。

「ここ、自分でしたことある?」

下着の上から下肢を撫でさすられながら、美紗はふるふると首を横に振る。そうやって自分を慰める方法があることは知っているけれど、これまでそうしたいと思ったことはない。

どうすれば気持ちがいいのかわからなかったし、その刺激を味わったことがなかったからだ。

「じゃあ自分でするときは、ここを弄ると気持ちよくなれる」

下着を引きずり下ろされ、器用に足首から引き抜かれる。その拍子に足の間に身体を割り入れられて、自然と足を開くような格好にされてしまった。

「いきなり指を挿れたら痛いから、ここを可愛がってやるんだ」

「んぁ……っ」

まだ閉じた花弁のような秘処を指で割り広げ、淫らな蜜が滲《にじ》んだ場所を指で撫でさすりはじめた。

「やぁっ……ぬるぬる……しな、で……っ」

本橋が指を動かすたびに背筋をゾクゾクとしたものが駆け抜け、初めての刺激に腰が勝手に揺れてしまう。

「ぬるぬるさせてるのは俺じゃないだろ。美紗の身体がここから」

太い指が蜜壺《みつつぼ》の入口をぐるりと撫で、耳朶に熱い唇を押しつけられる。

「いやらしい蜜をどんどん溢《あふ》れさせせるからだ」

ぱっくりと耳朶を口に含まれ、キスの時とおなじように舌と唇を使って舐めしゃぶられる。

「い、やぁっ」

未開の花弁と耳朶を同時にぬるぬるとなぶられ、初めての刺激に頭の中が真っ白になった。

「あ、あ、あ……や……」

耳穴まで舌を差し入れられ、頭の中までクチュクチュといやらしい水音が聞こえてくる。淫らな刺激から逃げたくて身体を揺らしていると、蜜壺の中に指を押し込まれた。

「は……やぁ、み、みは……っ」

浅いところを出し入れされ、下肢からも微かに水音が聞こえてくる。

「あ、あ……っ」

「ほら、どんどん溢れてくる」

「や……」

グッと身体を押しつけられていて、本橋の指や唇から逃げることはできない。それどころか美紗が身体を揺らすたびに張りつめた胸の頂が本橋の服と擦れて新たな刺激が湧き上がる。

「は……ふぁ……っ」

浅い場所を探っていた指が引き抜かれ、再び重なり合った花弁を探りはじめる。指先で撫でるように重なりを割り広げ、ついに感じやすい花芯にまでたどり着いた。

「あっ」

突然の強い刺激に美紗の細腰が大きくはね上がる。

「ここ？」

すかさず花芯の周りを指でくるりと撫でられ、美紗の唇から悲鳴が漏れた。

「ひぁっ！　や、そういうの……やぁっ」

「なんで？　気持ちいいだろ？」

「も、もぉいいですっ。いっぱいしたんで、あんまり触らないでください……っ」

もう限界だ。これ以上あちこち触られたら、本当におかしくなってしまう。

身体の下からなんとか逃げだそうともがくと、なぜか本橋が笑い声を上げた。

「な、なんで笑うんですか！」

「いや、新鮮な反応がカワイイからさ」

そう言ってクスクスと笑われ、処女であることをバカにされたような気がして泣きたくなった。

「あのさ、セックスってどれぐらい時間をかけるか知ってるか？」

「は……？」

なぜ、今その質問が出てくるのだろう。美紗はしばらく考え込んでから口を開く。

「さ、三十分ぐらい……？」

本橋にキスをされてから時間の感覚がなくなっているけれど、それぐらいではないだろうか。

「短っ。おまえラブホのご休憩の時間とか知らないのか?」

そういえばいわゆるそういう行為をするためのホテルにはご休憩時間が設定されていて三時間何千円とかフリータイム何千円という表記がされている。

「ええっ⁉　さ、三時間とかしちゃうんですか⁉」

ギョッとする美紗を見て、本橋は心底楽しそうに咽をクックッと鳴らした。

「おまえの反応、ホント処女っぽくて最高」

「ぽいんじゃなくて、処女なんです！　だからもっとこう簡単に、楽な感じでお願いします！」

こんなことを三時間もするなんて、絶対に身体が保ちそうにない。好きな人は毎晩でも大丈夫だという話も聞くが、そんなの有り得ない。

「簡単にって……それは無理だろ」

「なんでですか?」

「おまえね。最初は痛いって聞いたことないのか?」

「それは……」

周りの友人はすでに経験済みの子ばかりだから、そんな話も耳にしたことがある。でも具体的にどんなものなのかまではよくわからなかった。

「せっかく初めての体験なんだから、適当にしたらだめだろ。ちゃんと気持ちいいこと教えてやるよ」

本橋はそう言いながら美紗の唇にチュッと音を立ててキスをする。

「幸いなことに俺は何時間でもおまえを可愛がってやりたいと思ってるし、美紗がとろっとろに蕩《とろ》けて、俺なしじゃいられなくしたいと思ってる」

「な……っ」

鼻先が触れる距離で囁かれ、美紗は真っ赤になった。

もう十分気持ちがいいから、これ以上気持ちよくされたらおかしくなってしまう。それに、さっきから本橋がいやらしい言葉ばかり囁くから恥ずかしくて仕方がないのだ。

「というわけで、おまえは大人しくしてろよ」

「きゃっ」

両足を抱え上げられて、お尻どころか腰も浮き上がってしまう。本橋はすかさずその下に膝を入れて、美紗の腰を抱え込んでしまった。

「や！　やめて!!」

「だから大人しくしてろって。すぐに気持ちよくなるから」

足を開かれて下肢を覗き込まれるような格好にされて大人しくできるわけがない。

「ほら、ここ。さっき触ったら腰をゆらしてた場所だ」

指先で花弁を開かれ、感じやすい雌芯を剝き出しにされる。ほんの少し空気に触れただけで刺激を感じるのに、本橋はそこにふうっと息を吹きかけた。

「ひっぁあっ！」

「な、メチャクチャ敏感になってる」

「や……」

今日はどうしてそんな甘く、赤面してしまうようなことばかり言うのだろう。いつもみたいにからかわれている方が楽なのに。

「もぉ……いや……ぁ」

羞恥のあまり涙目で見上げたけれど、解放してくれそうにない。それどころか美紗の腰を抱え直しさらに顔を近づけたのだ。

「最初から強くしたら痛いだけだから、今日は舐めるだけにしておくけど、他も追々教えてやるから」

——なにをするのか。聞き返す前に本橋の顔が美紗の蜜で濡れた場所に埋められ、その刺激的な光景に美紗はギュッと瞼を閉じた。

「いや、そこは……っ」

ぬめる舌が秘裂をなぞる感触に、背中が勝手に仰け反ってしまう。

「んあっ！　あっ、んんっ、あぁ……っ」

胸や耳朶を舐められたときとは比べものにならないぐらいの強い愉悦に、唇から勝手に喘《あえ》ぎ声が漏れる。強い刺激から逃れたいのに、膝の上で腰を抱えられているので身体を揺らすことしかできない。

むしろ上半身を淫らにくねらせてしまい、柔らかな胸が煽情的に揺れる。美紗はそれが男を欲情させる仕草だと思わず、無駄な努力をしてしまう。

「美紗、どんどん溢れてくるぞ」

なにが溢れているのか。もうそれを確かめる必要がないほど、身体の中から体液が流れ落ちるのが自分でもわかる。

本橋の唇は丁寧にそれを啜《すす》り、舌先を蜜口のさらに奥の方へ這《は》わせてきた。

「や……ぁ、あぁっ……奥……っ」

さっき指を抽挿された場所よりも浅い場所なのに、濡れた粘膜が擦れ合う刺激に目の前がチカチカしてくる。

「あ……あ……だ、め……」

下肢がブルブルと震えて、どうしていいのかわからなくなる。

「気持ちいい？」

「や、わからな……っ」

これが男の人に抱かれる快感で、気持ちがいいというものなのだろうか。苦しくて苦しくてたまらないのに、もっと奥で感じたいという欲求もわき上がってくる。そしてなにかがはじけ飛びそうに感情が高ぶってしまう。

「はぁ……っ、あぁっ……んぅっ」

小さな屹立を何度も舐め転がされ、舌先でほぐされた蜜口に太い指が押し込まれる。その指で狭い蜜口を広げるように大きく押し回される刺激に、美紗は白い背中を大きく弓なりに反らした。

「ひやぁ！　や、や、舐めるだけって……」

「大丈夫だよ。痛くないだろ？　もうこんなに……とろとろだ」

薄く笑った本橋が美紗のなかから引き抜いた指を見せつけるように掲げてみせる。その指は美紗の体液で濡れて、妙に艶めかしい。

「ほら、もっとだ」

本橋はそう言うと二本の指を絡めるようにして美紗の中に押し入れた。

「あ、あ、あ……っ」

さっきよりも強く押し開かれるような気がするけれど、本橋の言葉通り痛みはない。それどころか、何度か出し入れされ内壁を擦られるうちに、もっと奥まで刺激が欲しくなってしまう。

（初めてなのにこんなふうになっちゃうものなの……？）

恥ずかしさとこれからどうなってしまうのかわからない不安に、気づくと涙が滲んでくる。

「美紗」

名前など何度も呼ばれているというのに、今夜はその言葉を耳にするだけで胸がギュッと締めつけられて苦しくなってしまう。

「は……ぅん……っ、も……もぉ……」

いつの間にか顔は涙と汗でぐちゃぐちゃになっていて、痺れの混じった熱い昂《たか》ぶりが腰から這い上がってくる。

苦しさに足をバタつかせて逃れようとするけれど、さらに細腰を引き寄せられ、舐めしゃぶられていた小さな屹立《きつりつ》を強く吸い上げられた。

「あああっ！」

唇から一際大きな嬌声《きょうせい》が漏れ、痛いぐらいの刺激に額からどっと汗が噴き出す。

「や、ダメ、吸っちゃ……あああっ」

「いいよ、イッて。最初はここを弄られた方がイケるんだろ……って、初めてだからわからないか」

美紗の下肢に顔を埋めたまま呟かれ、その唇の動きすら敏感になった花弁には強すぎる刺激だ。

「や、あっ……わからな……っ」

言葉の意味はわからないけれど、このたまった快感が今にも弾けることが、イクということなのだろう。

「や、やぁ、あっ、ああっ!!」

太い指の動きが速くなり、一際強く快感の芽を吸い上げられて、頭の中が真っ白になった。

「あっ、あっ、ああっ――……っ‼」

本橋の言葉の意味が理解できたのは身体の熱が冷めて全てが終わってからで、美紗は強い刺激に高い叫び声を上げ初めての絶頂へと駆け上がっていた。

弛緩《しかん》した下肢からは指が引き抜かれ、栓がなくなった蜜洞からはとろとろと淫らな蜜が外へと流れ出てくる。

耳の奥がキーンとして頭の中にも視界にもボンヤリとした靄《もや》がかかっているようだ。それなのに心臓はまるで全力疾走をしたあとのように激しく動き続けている。

「はぁ……はぁ……」

本橋は荒い呼吸を繰り返す美紗の額に口づけると、ベッドの横に立ち着ていたものを手早く脱ぎ捨てていく。

本人は目の前にいて数秒前まで寄り添っていたはずなのに、もう彼の温もりが恋しくなっている。早く隣に戻ってきて、抱きしめて欲しいと思ってしまう。

まだ身体をつなげてもいないのに、こんなふうに感じてしまったことが恥ずかしい。美紗がギュッと瞳を閉じて、視界から本橋を追い出そうとしたときだった。

「美紗、おいで」

隣に滑り込んできた本橋に、いつになく甘く優しい声音で手を差し伸べられ、美紗は自分からその腕の中に収まった。

逞《たくま》しい腕の中にギュッと抱きしめられるとホッとして、全てを委ねてしまいたくなる。

無意識に自分から広い胸に頬を押しつけると、頭の上で本橋がクスリと笑う。

「なんだよ。急に甘ったれになったな」

からかうような声音が恥ずかしくてその腕から抜け出そうとするけれど、やんわりと腕を捕らえられ、そのまま組み敷かれてしまう。

「赤くなって、カワイイ」

チュッと音を立てて額や頬、眦《まなじり》と口づけられて、その甘い仕草が妙に照れくさくなる。

「や。くすぐったい、から」

髪を乱すように頭を振って逃げようとすると、さらに体重をかけられて強引に唇を塞がれてしまった。

初めてキスをされたときは苦しくて呼吸もままならなかったのに、いつの間にか口を塞がれ舌を絡めることに慣れてしまっている。

クチュクチュと淫らな音をさせながらお互いの唾液が混じり合い、口の端を滑り落ちていく。

「んぁ……んっ、んんぅ」

裸の身体が押しつけられて、広い胸が美紗の胸を押しつぶすように密着してくる。

いつの間にか本橋の身体が開いた足の間に納まっていて、丁寧な愛撫ですっかり綻んだ花弁に熱く硬いものが擦りつけられ、美紗はその刺激に小さく身震いした。

「あ……」

想像していたよりも熱く大きな存在に小さく息を飲むと、本橋が少し困ったように眉間に皺《しわ》を寄せて美紗を見下ろした。

「……俺も結構限界なんだけど」

――美紗の中に入りたい。耳朶に触れそうなほど近づいた唇が美紗にだけ聞こえる吐息のような声で呟いた。

「……ッ！」

すっかり感じやすくなった花芯をぬるぬると擦られる刺激と甘い囁きに、頭の芯がジンと痺れてうまく言葉が出てこない。

「美紗」

促すように唇を吸われ、熱い塊を押しつけられる。美紗はどう答えればいいのかわからず、ギュッと目を閉じて小さく頷いた。

膝裏に手を入れられて、さらに足を大きく開かされる。痛みがあるかもしれないという不安の一方で、身体の奥がキュンと痺れてなにかを待っているみたいだ。

「……ここ摑まって」

両腕をとられて首に回させられた。その間にも本橋はゆるゆると腰を動かし、雄芯を擦りつけてくる。そのたびにぷっくりと尖った花芯を擦られ、美紗の腰がビクビクと震えた。

「少しだけ我慢して」

美紗がコクリと頷くと、すっかりぬかるんだ蜜口に硬く滾《たぎ》った雄が押しつけられた。

「あ……」

鈍い痛みのような抵抗があったのは最初だけで、指と舌でたっぷりと慣らしておいてくれたおかげで、膣洞《ちつどう》は待っていたかのように雄芯を飲み込んでいく。

「は……ぁ……んぁ……」

引き伸ばされるような痛みに腰を引くと、逃げられないように体重を使ってシーツに押しつけられる。

片足を折り曲げるように抱え上げられ、なにも知らなかった隘路《あいろ》が押し開かれていく。

「あ、あ……ぁあっ……」

「あと、少し……だから」

本橋の苦しげな声に、首筋に顔を埋めるようにして必死でしがみついた。ぐうっと腰が押しつけられ、美紗の白い首筋が大きく戦慄《わなな》いた。身体のなかいっぱいに本橋の熱を受け止めて、その圧倒的な熱量に勝手に涙が滲んでくる。

「ごめん。痛いのか？」

眦に唇を押しつけられて、美紗は頭を振った。痛みよりも本橋とこうして身体を寄り添わせていることが嬉しいのに、うまく言葉が見つからない。

「へ、き……」

唇から漏れた息が自分でも驚くほど熱い。全身が沸騰しているかのように熱くて、まるで高熱で意識が朦朧《もうろう》としているときみたいだ。

「はぁ……ん……」

初めての行為なのに、ひとつになれて、本橋の体温が間近に感じられて嬉しいなんて口にしたら、幻滅されるだろうか。

勝手に腰が浮き上がって、自分から本橋を深く受け止めるように身体を押しつけてしまう。そしてしがみついていた首筋に、無意識にねだるような仕草で頬ずりをしてしまった。

その美紗の大胆な仕草に、本橋がギョッとしたように顔を上げ美紗を見下ろす。

「……ッ！　おまえ……っ」

「や、離れちゃ……」

触れあっている場所から体温が伝わってきて、とても心地がいいのだ。

美紗が再びぎゅうぎゅうとしがみつくと、頭上で呆れたような溜息が聞こえた。

「おまえ……それ、わざとじゃないよな」

「……え？」

「いや、いい。それより、そんなに痛くないみたいだし、俺にも少し楽しませろよ」

痛いと言われていた難所はクリアしたらしい。ホッとした美紗が〝楽しませろ〟の意味がわからずこっくりと頷くと、なぜか本橋の唇に笑みが浮かぶ。

見たことのない艶のある笑みの理由を考える前に、美紗は頷いてしまったことを後悔する羽目になった。

もう一方の足も抱え上げられ、さらに深くまで胎内に雄芯を飲み込まされてしまう。

「きゃ……っ」

ゴリゴリとお腹の奥に擦りつけられる刺激に、美紗は背中を大きく仰け反らせる。

「や……ふか……ああっ」

蜜口を開くように腰を大きく押し回され、目の前でチカチカとなにかが光る。

「痛くない？」

「あ、あ、あ……っ」

身体を開かれた鈍い痛みはあるけれど、それよりも深く穿《うが》たれた雄の熱を強く感じて、言葉が出てこない。

「ああ、浅い方が好き？」

本橋は独り言のように呟いたかと思うと、深くまで沈めた熱棒を勢いよく引き抜いてしまう。まだ未熟な膣洞を擦りあげられ、あまりの刺激に一瞬息ができなくなる。

「はぁ……あっ、ぁ……んぅ」

空気を求めて開いた唇から勝手に声が漏れてしまい、美紗は慌てて唇を引き締めた。初めてなのにこんなふうに感じてしまうなんてはしたないと思ったのだ。

「んっ……ぅ……んんっ……」

その耐える仕草が面白かったのか、本橋が耳元で楽しげに囁く。

「声、我慢しなくていいのに。もっと聞かせて」

美紗がふるふると首を横に振ると、両足を大きく持ち上げられて、これ以上ないというぐらい身体を二つに折り曲げられてしまう。

「あぁっ！」

お腹の奥まで硬い熱で抉《えぐ》られて、堪えきれない嬌声が漏れる。

「ほら、カワイイ。もっとだ」

さらに腰を激しくぶつけられて、少しずつ声が大きくなってしまう。掴まれている足がガクガクと震えて、腰から甘い痺れが広がっていく。

「ああっ、だ、だって……っ、あ、あっ」

「声を聞かせてくれた方が、美紗がちゃんと感じてくれてるってわかるだろ」

「あっ、あっ……で、でも……やぁっン！」

返事を促すように腰をグリグリと押し回されて、眼裏がチカチカと光る。

さっき本橋は、初めてだとなかではあまり感じられないようなことを言ったのだ。それなのにこんなに気持ちよくなってしまうなんて、自分がひどくいやらしい身体の持ち主みたいだ。

羞恥と快感が混ざり合って、涙が滲んできてしまう。

「美紗？」

美紗の涙に気づいた本橋が動きを止めた。

「ごめん、痛かったのか？」

まったく逆のことで恥ずかしい美紗は、涙目のままふるふると首を横に振った。

「じゃあどうして泣いてるの」

「だって……」

「うん」

身体の奥で感じる本橋の熱が心地よくて、言いよどむ。

「さっき、ケイが……最初は……なかでは気持ちよくなれないって」

すると黙って美紗の話を聞いていた本橋の目尻にさざ波のように皺が浮かぶ。

「ああ、そういうことか。気持ちいいんだ？」

本橋が抱きしめるように美紗に覆い被さり、汗ばんだ額が押しつけられる。腰をさらに密着させられて、隘路が小さく震えた。

「美紗は、初めてなのに気持ちいいんだ」

再び尋ねられ、恥ずかしさでカッと顔が熱くなった。

「……ちが……っ」

感じてなんかいない。そう言いたいけれど、本橋に与えられる快感がもっと欲しくてたまらない。

自分でもよくわからない感情がせめぎ合って、目の奥の方がジンと痺れてくる。すると潤んだ瞳で見上げる美紗の目尻に、本橋が優しく唇を押しつけた。

「美紗が初めてなのに気持ちよくなれるのは、俺たちの身体の相性がいいからだ」

耳朶に息が入り込むほど間近で囁かれた。

「……俺も美紗のなかが、最高に気持ちいい。だから、泣かなくていい」

「……っ」

本橋の言葉に美紗の中がキュッと収縮して、本橋の熱を強く締めつけた。

「……くっ……美紗、あんまり締めないで。俺も……結構限界だから」

そんなことを言われても、どうして自分の身体が本橋の言葉に反応してしまうのかわからないのだ。

美紗があやふやに首を振ると、本橋は仕方なさそうに溜息をついて、美紗の唇をチュッと吸い上げた。

「ごめん。今夜は我慢するつもりだったけど、無理みたいだ」

「え？」

「美紗がかわいいことばっかり言うから悪い。俺を煽ったんだから覚悟して」

耳元で聞こえた掠れた声にぞくりとした次の瞬間、勢いよく美紗のなかから本橋の雄が引きずり出された。

「ひやぁっ!!」

すぐに太く張りつめた雄芯が奥深くまで突き上げてきて、身体の中が本橋でいっぱいになる。

「はぁ……あ、は……あっ」

繰り返し与えられる強い刺激は慣れるどころか、さらに美紗の身体を昂ぶらせて、頭の中が朦朧としてくる。

「や、あ、ああ……はぁ……っ」

深いところを突き上げられると、美紗の胎内がキュンと痺れて、全身が快感に戦慄《わなな》く。

身体が熱くて、お互いの熱で全てがドロドロに溶けて混じり合ってしまいそうだ。

こんなふうに感じてしまうのは恥ずかしいのに、何度も腰を打ちつけられることが気持ちよくてたまらない。

「あ、あ、ああ……っ」

さっき指や舌で愛撫されたときと同じ、なにかに押し上げられるような感覚が襲ってくる。唇からは断続的な喘ぎ声が漏れて、そのたび腰がビクンビクンとはね上がる。

「や、あ、あ、ああっ、も……む、り……っ」

「いいよ。美紗がイクところがみたい」

熱い息が肌に触れて、火傷してしまいそうだ。

律動がさらに激しくなり、美紗は助けを求めて本橋の顔を見上げる。すると欲情に濡れて艶めかしい色を浮かべた目と視線がぶつかった。

射貫かれるような強い視線に身体の中で熱が弾けて、美紗はその快感に感極まって一際高い声をあげて雄芯を強く締めつけていた。

「ああっ、あ、あ、いやぁあ……っ！」

足の指先までピンと張りつめて、ガクガクと身体が震えて大きなうねりの中に飲み込まれてしまう。

「美紗……ッ」

間近で本橋の苦しげな声が聞こえたけれど、頭の芯まで痺れてくぐもって聞こえる。

あまりにも強い刺激に思わずすすり泣く美紗を抱きしめると、本橋もその身体を大きく震わせた。

広い胸の中に抱きしめられながら、初めての人が本橋で良かったと心から感じていた。

5　疑似彼氏

週明けの月曜日。美紗は落ち着かない気持ちで出社した。

初めて男の人と二人きりで夜を過ごして、初めて顔を合わせるのだ。目が合ったらどんな顔をすればいいのか、他の人から見て自分はなにか変わっていないだろうかと気になって仕方がない。

実際に変わったのは美紗の心の中だけなのに、会社が近づくにつれて気持ちがざわついて、気づくと目は本橋の姿を探していた。

「美〜紗さん！」

「きゃっ」

あまりに緊張しすぎていたせいで、美紗は背後から勢いよく肩を叩《たた》かれただけで飛び上がりそうになった。

「や、やだ。大丈夫？　脅かすつもりはなかったんだけど」

振り返ると、長堀と高倉の二人が連れだって立っていた。

「あ、おはようございます。すみません。考えごとしてたからびっくりしちゃって」

「そうなの？　休み明けなのになんだか疲れた顔してるみたいだけど大丈夫？」

「週末彼氏とデートで遊びすぎたんでしょう？」

長堀のからかうような言葉に、美紗は心臓を摑《つか》みあげられた気がした。紹介して欲しいと頼まれた人と、週末を過ごしたなんて知られたら大変なことになる。

「か、彼氏なんて……」

そう言いかけて、本橋に彼女のふりをしろと言われたことを思い出す。誤魔化すように曖昧な笑みを浮かべると、二人は追及することなく話題を変えた。

「ねえ、それよりこの前お願いしたこと、進んでる？」

「え？」

「ほら」

長堀は周りの目を気にして声を潜めた。

「本橋さんのこと。飲み会セッティングしてくれるって言ったじゃない。どうなったかなって」

「あ」

約束のことをすっかり忘れていた美紗は、小さく声をあげた。

「す、すみません」

普段出勤途中に会釈はしても声などかけてこない二人が近づいてきたのはそういうことだ。最初から美紗の彼氏の有無などどうでもいいことだったらしい。

「同期と飲み会をしようって話はしてるんですけど、まだ具体的に進んでなくて。えっと、忙しいみたいで」

奈菜にメールを送っているから、まったくの嘘《うそ》ではない。ただすっかり忘れてしまっていただけだ。

「なぁんだ」

返ってきた返事が妙に冷たく聞こえて、胸がギュッと痛くなる。

「……ご、ごめんなさい」

「まあしょうがないわよ。美紗さん、まだ二年目で顔利かなさそうだし」

暗に頼りにしてないと言われたような気がして下を向くしかない。

「……」

「じゃあ私たちコンビニに寄っていくんで～」

美紗の返事も待たず高倉が口にした言葉に、内心ホッとしてしまう。これ以上どう言えばいいのかわからなかったからだ。

「お先です～」

連れだって歩いて行く二人が顔を寄せてなにかを囁《ささや》きあう仕草に胸がざわつく。きっと美紗の悪口を言っているのだろう。

美紗は二人の姿がコンビニに消えたのを確認してから歩き出した。

「はぁっ」

二人に嘘をついていることがこんなに後ろ暗い気持ちにさせるのだろうか。

本橋は彼女がいると言っておけと言ったけれど、今の感じではそれは言い出しにくい。

しかもその相手が美紗だと知ったら、大変なことになりそうだ。

どうして最初にそのことに気づかなかったのか、過去の自分に問いただしたい気持ちになった。

しかも彼女でもないのに本橋と一夜を過ごしているというのも、美紗の後ろめたい気持ちに拍車をかける。

もう一度同じことを聞かれたら、また上手に嘘をつけるだろうか。

美紗は溜息《ためいき》をつきながらバッグの中からＩＤカードを取り出し、ビルの入口に立つ警備員に見せると待っていたエレベーターに乗り込んだ。

その日、本橋と顔を合わせたのは夕方だった。

美紗のチームは休憩時間で、たまたま他のフロアへの用事の帰りにエレベーターへ乗り込んだ時だった。

閉まりかけた自動扉がガシャン！　と派手な音を立てて開いた。

「セーフ」

そう言って乗り込んできたのは本橋で、幸いエレベーターの中には美紗しかいなかった。

「お、お疲れさまです」

そう口にした瞬間頬が熱くなって、美紗は慌てて目を伏せた。再び扉が閉まる音が妙に大きく聞こえてビクリと肩を震わせてしまう。

「……」

朝から本橋に会ったらどんな顔をしようかと考えていたのに、実際にはその顔を見た瞬間、頭の中が真っ白になってしまった。

「……な、何階ですか？」

辛うじてそう口にすると、すぐ間近で本橋がクスリと笑う声が聞こえた。

「同じフロアに決まってるだろ」

「そ、そうですよね」

「なにテンパってんだよ」

本橋の手が伸びてきて、美紗の顔にかかっていた髪をかき上げ耳にかけた。

「な、なにしてるんですか！　誰かに見られたら！」

「エレベーターの中で二人きりなのに、誰に見られるんだよ」

「でも、噂《うわさ》になったら」

そう口にしたとたん、頭の中に長堀たちの顔が浮かぶ。二人でいる所を見られたら大変なことになる。

「俺は噂になってもいいって言っただろ。むしろ広めたいぐらい」

楽しいことを見つけた子どものようにニヤリとする本橋の笑顔が、美紗の胸に小さな棘《とげ》のように突き刺さった。

「……」

それは前に言っていた彼女がいるふりをして、派遣さんたちの目をそらすという目的のことを言っているのだろう。

本橋と特別な仲になったことで二人の関係が変わったような気がしたけれど、彼にとっては全てがお芝居の中の一コマなのかもしれない。

美紗が返事を出来ずにいると、エレベーターが目的のフロアに停まり、ゆっくりと扉が開いた。

美紗よりも先に扉に向かった本橋が振り返る。

「今週の平日は立て込んでて会えないけど、週末におまえんち行くの楽しみにしてるから」

「……はい」

小さく頷《うなず》くと、美紗に向かって笑いかけてからエレベーターを降りて行った。

後に残された美紗は胸に刺さった小さな棘の痛みが少しずつ増していくのを感じて、握りしめた拳でソッと胸を押さえた。

＊　＊　＊

「じゃあ僕たちはこれで」

「お疲れさまでした！」

美紗は笠原家の玄関先で、一足先に帰るという編集の倉田と撮影のために訪れたカメラマンに頭を下げた。

今日は朝から例の撮影のために美紗の家を開放していて、無事に撮影が終わったばかりだった。

撮影に立ち会うのが初めての美紗は興味津々だったけれど、撮影にやってきたのは編集の相川と倉田、あとはカメラマンの男性だけだった。

カメラマン以外にもアシスタントなどたくさんスタッフがやってくると想像していたが、実際にはカメラマンが照明やレフ板などを持ち込んで、なんでもひとりで準備していく。

こういった撮影が初めてだった美紗はその光景も面白くて、小声で相川を質問攻めにしてしまった。

「美紗ちゃん、ご協力どうもありがとう！」

リビングに戻ると、本橋とレシピの打ち合わせをしていた相川が顔を上げた。

「お疲れ様です。コーヒーと紅茶、どっちがいいですか？」

「ううん、いいのよ。私ももうお暇《いとま》するから。ケイさん、今日はありがとうございました」

腰を浮かせる相川を本橋が押しとどめる。

「あ。じゃあちょっと待っててください」

慌ててキッチンに駆け込んでいく本橋を見送って相川が美紗を見た。

「美紗ちゃん、撮影に興味津々だったわね。もしかして出版とかに進みたかったの？」

「マスコミなんてとんでもないですよ！　まったく知らない業界なんで、面白かったですけど」

「そお？　美紗ちゃん、本格的にケイさんのアシスタントやればいいのに。彼、これからもっとマスコミに注目されていくだろうし、その気があるならイケメン料理研究家としてやっていけると思うんだけどなぁ」

相川の言葉は美紗にも頷ける部分がある。

いつの間にか本橋の手伝いをさせられているけれど、そもそも本橋＝ケイであることを黙っているように脅されるなんておかしな話だ。

本当だったら美紗が逆に本橋を脅して、料理を教えてもらうというのが正しいのではないだろうか。

ふとどちらのパターンでも料理を教わるつもりでいる自分に笑ってしまうけれど、偶然あの食器屋を訪ねなければ、この出会いはなかったのだと思うと、偶然の力はすごい。

最初はメリットなんてないと思っていたのに、今は少しでも本橋のそばにいたいと思っている自分がいる。

でも本橋が今後もケイとして活動の場を広げていくのなら、美紗のような残念女子ではなく、ちゃんとしたアシスタントが必要だろう。

プロとしてやるのなら会社も辞めてしまうだろうし、そうすると本橋との接点がなくなってしまうことに気づく。

会社を辞めれば美紗にばらされるのではないかという心配もなくなるのだから、二人の関係はこれで終わりかもしれない。

思わず美紗がそんな不安を思い浮かべたときだった。

「そういえば、二人で料理してるのって新婚さんみたいだったわよ」

耳元で聞こえた相川の言葉に、美紗はギョッとして飛び上がった。

「……ええっ⁉　し、新婚って……！」

「美紗ちゃんお料理は苦手かもしれないけど、ケイさんのアレを取れとかコレを切れって指示にも手際よく従ってたし、とっても息が合ってる感じだったもの。長い付き合いのカップルとかパートナーって感じ」

「カ、カップル⁉」

自分と本橋との間にあまりにも縁遠い言葉に、頭にカッと血が上ってしまう。

「もう！　赤くなっちゃってカワイイ！」

相川は美紗の初々しい反応が楽しくてたまらないようで、ニコニコと見守るような笑顔を浮かべている。

「な、なに言ってるんですか！　カ、カップルとか……ま、ましてや新婚なんてケイに失礼ですよ！　それに、私、料理もろくにできない見習いなんですから、アシスタントなんて言ったらケイは怒ると思います」

「そう？　今日の二人って、この間会ったときとはなんか雰囲気が違うし、なにかあったのかと思ったんだけど」

「ええっ⁉」

またもやギョッとしてしまい、これでは自分からなにかあったのだと肯定しているようなものだ。

「ほらぁ！　なにかあったんじゃない‼」

確かに身体の関係をもったけれど、本橋は最初から誰かと付き合うことに興味がないから美紗に彼女のふりをしておけと言ったのだ。

それに本橋に付き合おうと言われたこともないし、きっと大人の関係というやつで、公にしてはいけないことな気がする。

それは先日会社のエレベーターの中で言われた言葉でも思い知ったはずだ。

本橋は女性にまとわりつかれるのを避けるために、わざと噂を流そうとしているのだから。

「な、なんにもないですっ！」

美紗が必死で否定すればするほど、相川の顔の笑みが深くなっていく。

「いいなぁ。その初々しい反応。で、本当のところどうなの？　ケイ君とはどこまで行ってるのよ」

「そ、それは……」

 グイグイと顔を近づけられて、なんとしても聞き出そうという雰囲気に、言いよどんだ時だった。

「相川さん。これ残り物ですけど、詰めたんで良かったら」

「ひゃあっ!!」

 背後で聞こえた声に、美紗はおかしな声をあげて振り返った。

「なんだよ、変な声出して」

 あまりの美紗の驚きように、本橋は首を傾げている。この感じでは、話は聞こえていなかったらしいと、美紗は胸を撫で下ろした。

「な、なんでもないです! ね? 相川さん!」

 美紗の必死の形相に、相川が軽く頷いた。

「ええ、たいしたことじゃないの。まあ女同士の話ってヤツよ。それよりそれ、いただいていいの?」

「もちろん。相川さんが今夜デートじゃなければ夕飯にでもしてください」

 本橋はニヤリと笑いながら保存容器が入った紙袋を手渡した。

 相川は内緒話に悪びれた様子もなく、さらりと話題を変えてくれた。

「もう! それセクハラ! どうせデートの相手はいないですよ! これから社に戻ってお仕事です〜」

「これからお仕事ですか？」

今日は土曜日だし、すでに外は暗くなり始めている。普通の企業なら、今日だって休日のはずなのに撮影に立ち会い、さらに夜も仕事だなんて大変そうだ。

「そうなの。今日の取材の分は、ケイさんからレシピいただいたあとに進めるからまだ先なんだけど、他のページはどんどん進めておかないと」

「編集さんって大変なんですね」

「そうよ～かなりブラックなんだから」

そう言って笑ったけれど、きっちりと勤務時間が決まっている美紗からすれば、それをさらりと言ってのけられる相川を尊敬してしまう。

「それじゃあケイさん、今日はありがとうございました！　メールお待ちしてますね」

そう言うと相川は嬉《うれ》しそうに紙袋を手に帰って行った。

「美紗。お茶入ったぞ」

リビングの食器棚に器を戻していた美紗は、その声に振り返った。

相川たちを見送ったあと本橋が作ってくれた軽い夕食を食べて、諸々の後片付けがやっと終わったばかりだった。

「ほら、おまえも早く座れ。相川さんが差し入れてくれたフルーツタルト食うぞ～」

「はーい！」

フルーツタルトという言葉に、美紗はいそいそとエプロンを外す。

本橋はすでにダイニングの奥のソファーに腰掛けていて、美紗はまるで飼い主に呼ばれて飛んできた犬のようにその隣に納まった。

「わあ！　美味しそう‼」

箱の中を覗《のぞ》き込んだ美紗は、思わず子どものように声をあげた。

タルトは銀座にある有名店のもので、高いものは一ピース二千円というのもザラの高級タルトだから、普段はなかなか手が出ないのだ。

「どれがいい？」

「ええ～っ。迷いますね！」

タルトは六ピース並んでいて、王道のイチゴ、ブドウ、それから季節のフルーツ全部のせの三種類が二つずつ入っている。

「うーん。全部食べたいけどさすがに三つは無理だから、ここはやっぱり王道のイチゴか……ああっ、季節のフルーツも捨てがたいです」

「じゃあ俺はイチゴな」

本橋が箱の中から、ヒョイッとイチゴを摑み出す。

「ええっ。じゃあ私も……いや、待てよ。イチゴはなんとなく味が想像できるけど、ブドウ食べたことないかも。しかも私の大好物の巨峰のタルトだし」

再び考え込む美紗に、隣の本橋がクツクツと笑う。

「おまえ、ホント食べるの好きだよな。デリップでフォローしてるのも食べ物関係ばっかりだし、むしろそんなに食べるのが好きで今まで料理しなかったのが謎だ」

「食べるのと作るのは別ですよ！　私、自分には味付けのセンスがないってことだけは自信持って言えます！」

「ばか。そんなことに自信持つな」

「だって」

「ほら、早く決めろよ。紅茶が冷めるだろ。残りは冷蔵庫に入れておけば明日も食べられるから」

美紗は迷いに迷った末に箱の中を指さした。

「うー……じゃあ全部のせで！」

本橋は笑いながらタルトを盛り付けると、美紗の前に置いてくれる。

「写真、写真撮らないと！」

この写真ならケイと一緒にいるとはわからないだろうから、美紗のデリップアカウントにアップしてもいいだろう。

本当は撮影の様子やケイの作った料理を残しておこうと思ったのに、朝からバタバタとしていて、スマホを手に取ることも忘れていたのだ。

紅茶のカップと一緒に並べた写真とタルト全体の写真を撮ったけれど、それは美紗が想像していた写真とはかなり違う。

「なんか、いまいち……それに、あんまり美味しそうじゃないかも」

「どれ、見せてみろよ」

隣で美紗が撮影するのを待っていた本橋が、スマホの画面を覗き込んだ。

「おまえ……下手すぎ」

苦笑いをされて、美紗はしゅんと肩を落とす。

「どれ、貸してみ」

美紗と場所を変わって、携帯を取り上げる。タルトやカップの位置を整えると、携帯の画面を覗き込んでから首を傾げた。

「うーん。ちょっと暗いな」

「あ。じゃあ私の部屋に照明になりそうなのがあるから持ってきましょうか?」

しかし本橋はシーリングライトを見上げてから首を横に振った。

「いや、あの光を反射させたいから……そうだな。なんか白い紙もってこいよ」

「はい」

なにに使うのかもわからず、美紗はリビングのプリンターの中からコピー用紙を取りだした。

「これでいいですか?」

「ああ」

本橋は美紗から受け取った紙を二つ折りにすると、それを開いた本のようにタルトの向こう側に立てる。

天井からの明かりを意識しながら角度を調整して、もう一度スマホをかまえた。

「ほら、良くない？」

身体を寄せてスマホを覗き込むと、さっきとはまったく違う全体が明るい写真になっていた。

タルトのフルーツも光のおかげで照りがついていてとても美味しそうだ。

「えーー超綺麗《きれい》！　ケイ、天才！」

スマホを握りしめたまま、美紗は本橋に尊敬の眼差しを向けた。

「おまえが下手すぎなの」

そう言って笑った本橋の顔もまんざらではなさそうだ。

「ほら、あとは自分で撮影しろよ」

「はーい」

いつの間にか本橋と二人でいることが当たり前になっていて、まるで本当の恋人同士みたいだ。

でももしそう言ったら、本橋はきっと面倒くさそうな顔をするだろう。初めて話をしたときに、そういうことには興味がないと言われたのだ。

「どうですか？」

「お、良く撮れてるじゃん」

こうやって顔を寄せてスマホを覗き込んだり、笑い合っているときは本当の恋人同士のようなのに。

「そういえば、おまえ写真あげるときタグ付けてないだろ」

「あーなんか、あれよくわかんなくて」

本橋の言うタグとは＃《ハッシュタグ》のことだろう。ＳＮＳでキーワード検索をしやすいように言葉の前につけるのだ。

例えば今の写真をアップするなら＃フルーツタルトとか店の名前とか、検索に引っかかりやすい言葉を並べれば、自分の写真へのアクセスを増やすことができる。

「アクセス増やすなら検索されやすいタグ付けするのが一番だぞ。まあおまえはそういう意図でやってるわけじゃないからいいけど」

「でもやってみたいなとは思ってたんです。あとでやってみますね。取りあえずタルト食べたいです！」

「ったく。おまえは何より食い気だもんな」

「そうです！　写真は食べられませんからね！」

美紗は改めてタルトに向き直ると、フォークを手に取った。

「いただきまーす！」

さっそくタルトに手をつけようとした瞬間、目の前で皿ごと奪われてしまう。

「あ！」

とっさに手を伸ばした美紗の視線の先では、皿を高く掲げた本橋がこちらを見下ろしている。

「もう！　意地悪しないでくださいよ！」

美紗がぷうっと頬を膨らませると、本橋はさぐるような視線を向けてきた。

「それで？　さっき相川さんとなに話してたわけ？」

「えっ⁉」

「女同士の話ってなに？」

どうやらさっきのいいわけには納得していなかったらしい。

「ええっと、そ、それはなんでもないんですって」

「だからその動揺の仕方が怪しいんだよ。言わないと食べさせないぞ」

本橋はフォークをとると、タルトを一口サイズに切り分け、美紗の前に差しだした。

「ほら、うまそうだな～」

「……っ」

「で？　なに話してたの？」

「……」

美紗が黙り込んでいると、本橋はタルトが刺さったフォークを自分の口に運んでしまう。

「あっ！」

「うまい！　メロン甘っ！」

これ見よがしに咀嚼《そしゃく》する姿に、美紗は気が気ではない。このままではせっかくのフルーツタルト全部のせが、あっという間に本橋の胃の中に収まってしまいそうだ。

「ダメですってば！　本気で食べないでくださいよ！」

「早く言わないと、なくなるぞ～」

再びフォークで切り分けたタルトを口に運ぶ本橋の姿に、美紗はこれ以上我慢できずに口を開いてしまった。

「わ、わかりました！　言いますから!!」

美紗の叫びに、本橋がニヤリと笑う。

「それで？」

「あ、相川さんに……わったって……」

「え？」

「相川さんに……ふ、二人の雰囲気が変わったから、なにかあったんじゃないかって聞かれたんですよ!!」

そう叫ぶと、美紗は恥ずかしさに真っ赤になった。

考えてみれば、男女の仲が進んだから雰囲気が変わったと勘ぐられたようなものだ。別に悪いことをしているわけではないけれど、やはり人に知られるのは恥ずかしい。

「へえ。俺たちそんな恥ずかしくなるようなことしたっけ？」

からかうように顔を覗き込まれて、美紗の顔がさらに赤くなる。

「美紗。赤くなるような恥ずかしい……えっちなこととか考えてる？」

「ち、違います！」

そんな言い方をされたら、逆にあの夜のことを思い出してしまうのに。

とうとう耳まで真っ赤になった美紗に満足したのか、本橋はタルトを切り分けて美紗の口許に差しだした。

「口開けて。ちゃんと話せたご褒美だ」

「え、でも」

大人なのにこんなふうに子どもみたいに食べさせてもらうなんて恥ずかしい。美紗のためらいに気づいたのか、本橋の唇にからかうような笑みが浮かぶ。

「ほら、口開けろって。料理してるときだって、こうやって味見させてやってるだろ？」

「そ、そうだけど……」

今は両手が空いているのに。そう言い返せないほど強い視線で見つめられて、美紗は観念して口を開くしかなかった。

「……んぅ」

口の中にカスタードクリームと果物の酸味のきいた甘さが広がる。

「どう？」

「ん……美味しい」

「もっと？」

思わず頷くと、本橋はちょっと笑って繰り返しタルトを口に運んでくれる。なんだかひな鳥が餌をもらっているみたいだ。

本当は自分で食べると言えばいいのに、こんなふうに甘やかされるのも悪い気がしない。でも気持ちとは逆に胸がドキドキして、大好きなタルトだというのにだんだん味がわからなくなってくる。

何口目かわからなかったけれど、皿のタルトは半分以上美紗のお腹に収まったときだった。

「あ、ごめん」

本橋の手元が狂い、カスタードクリームが口の端につく。

「へーきで……ん！」

不意に本橋が顔を近づけて、口の端のクリームをペロリと舐《な》めとった。

「な、なにして……！」

「ああ、まだついてる」

どこに？　そう問いかける間もなく唇が塞がれる。口の中のクリームまで舐めとるように舌を絡められ、口の中が本橋の熱でいっぱいになった。

「あ……ふ……んぅ」

深くなったキスにソファーのスプリングが軋《きし》んで、少しずつお互いの身体が近づいていく。

ほんの少しキスをしただけだというのに、口の中だけでなく身体中が熱くなって、早く抱きしめて欲しくなってくる。

雰囲気に流されそうになっている美紗に気づいているのか、本橋が優しく美紗の腕を引いた。

「おいで」

聞き慣れた本橋の声なのに、従わずにはいられないような魔法の声に聞こえてしまうのはなぜだろう。

美紗はされるがまま、本橋の膝の上に座らされ、後ろから覆い被さるように広い胸の中に抱きしめられた。

「あ……」

思わず溜息が漏れてしまうほど、背中を覆う体温が心地いい。

(もしかして……またしちゃうのかな)

正式な恋人でもないのに、このままなし崩しに身体を許してもいいのかという思いが一瞬だけ頭の中をよぎる。

「美紗」

首筋に顔を埋められて、身体がぶるりと震えてしまう。

「あ……タ、タルト」

どうでもいいことを口にすると、耳元でクスリと笑う声が聞こえた。

「あとで。今は……美紗を食べたい」

耳朶《じだ》をペロリと舐められ、くすぐったさに首を竦《すく》めると、抱きしめていた手が服の上から柔らかな胸を弄りはじめた。

「あ……」

「俺がずっと早く二人きりになりたいと思ってたの、気づかなかった？」

まるで恋人のような囁きに、かあっと頭に血が上ってしまう。

ベージュのコットンワンピース越しに大きな手が思わせぶりに動いて、ワンピースの前ボタンを思いのほか器用に外していく。

すぐにあわせから手が滑り込み、ブラを押し上げて白い丸みを剝き出しにしてしまう。

「んっ」

「この前も思ったけど、おまえ着痩せするタイプだよな」

そう言いながら、本橋の手が楽しげに胸の丸みを揉《も》みしだく。

今のは胸が大きいと褒められたのだろうか。そう思っているうちにやわやわと与えられる刺激が心地よくて、その快感に素直に身をくねらせた。

時折指先が乳首を摘まんで、指の腹を使って擦りあげたり押しつぶしたりしてくる。

「は……っ、あっ……ん、やぁ……ン」

気づくと本橋の手の中で乳首がつんと立ちあがり、手のひらで擦るように転がされると、その微かな刺激にも身体が震えてしまう。感じるたびに腰が引けて、自分から背後の本橋に身体を押しつける格好になっていた。

「もう感じてきちゃった？」

「や……」

羞恥に首を振り身を捩《よじ》ると、片手を腰に回され、逃げられないように引き寄せられてしまう。さらに膝の上で足を開かされ、ワンピースの裾が捲《まく》り上げられた。

「もう……ここでしちゃおうか」

耳朵に触れる息は相変わらず熱くて、それだけで逆上せてしまいそうだ。素足を熱い手で撫で上げられ、うっとりとその愛撫《あいぶ》に身を任せかけた時だった。

——ピンポーン！

突然鳴り響いたインターフォンに、本橋の手の動きが止まる。

「……」

美紗が思わず本橋を振り仰ぐと、あっさりとした返事が返ってきた。

「いいよ、出なくて。今いいところだし」

太股を撫でる手が再び動き出しワンピースの中に潜り込む。

「あっ……で、でも……っ」

「いいから、集中して」

「あっン」

顔を上向かされて唇を塞がれる。乱暴に唇を貪られて、これ以上抗議しようにも言葉を紡ぐことができなくなってしまう。

「んっ……ぁっ、はぁっ」

宅配便かなにかを頼んでいただろうか。キスに溺れながら、頭の片隅でそんなことを考えたときだった。

――ピンポーン！

再び鳴り響いたインターフォンに本橋を見つめるけれど、今度はキスを止めることはない。どうやらこのまま無視を続けることにしたらしい。

宅配業者の人にはもうしわけないと思いつつ、本橋の身体にもたれかかったときだった。

今度は静かな玄関からガチャガチャと鍵を開けるような音が聞こえて、美紗は本橋の膝から滑り降りた。

「なに？」

「まさか、空き巣じゃないよな」

「え？」

「空き巣ってまずインターフォンを押して留守か確認してから入るんだよ。最近は防犯のためにわざと電気をつけたまま外出する人もいるから、本当にいないのか確認するんだ」

「や、やだ……」

ただでさえひとり暮らしで心許ないところがあるのに、空き巣に狙われているなんて恐すぎてどうしていいのかわからない。

だった。

「はい。いつもひとりだから、必ずかけるようにしてます」

本橋がいるからそこまでする必要はないが、いつものクセでチェーンをかけてあるはずだった。

「よくできました。じゃあちょっと俺が確認してみるから、美紗は警察に通報できるように準備してて。あと、その服も直しとけ」

最後にチラリとはだけた胸元に視線を向けられ、美紗は慌てて胸元を掻《か》き合わせた。

「大丈夫。俺に任せて」

本橋が安心させるようにこめかみに唇を押しつけ、玄関へ向かおうとしたときだった。

「美紗～美紗ちゃーん！　寝てるのか？　チェーン開けてくれ」

突然名前を呼ばれて、しかも聞き覚えのある声に美紗はギョッとして飛び上がった。

「……男？」

美紗を見つめる本橋の眉が顰《ひそ》められ、その目には問うような色が浮かんでいる。

「ち、違うんです！　あれは」

やましいことはないけれど、確かにひとり暮らしの家に男性が訪ねてきたのだとわかれば怪しく見えるだろう。

「あ、あ、兄なんです！」

「お兄さん？」

さすがの本橋も驚いたのか眉間の皺《しわ》が一瞬にして消え、目が大きく見開かれる。

「ホントです！　私嘘なんてついてませんから！」

「別に疑ってないよ。名古屋にいるって言ってたよな？」

本橋が再び鳴り出したインターフォンの音に振り返った。

「美紗～俺だよ！　お兄様のお帰りですよ～」

これ以上騒がれたら、近所の人に騒音で通報されてしまうかもしれない。

「もう！　帰ってくるなんて言ってなかったのに！」

美紗は半ばやけくそな気持ちで玄関に向かって駆け出した。


「おい、誰だ？」

リビングに入ってきたとたん、美紗の兄、創は本橋に警戒するような視線を向けた。

まあ家から閉め出され、やっと家に入ってみたら妹と一緒に知らない男がいるのだから、当然の反応だろう。

「お兄ちゃん、そんな恐い顔しないで。失礼じゃない。こちら会社の先輩で本橋さん。この間メールしたでしょ。雑誌の撮影でうちを貸すって」

美紗の説明に、創は驚いたように美紗と本橋の顔を交互に見つめた。

「はじめまして。本橋と申します。お留守の間におじゃましてもうしわけありません」

本橋が深々と頭を下げると、さすがに創もそれ以上疑いの目を向けるわけにいかなくなった。

「こ、こちらこそ、美紗がお世話になっております。兄の創です」

（さすが法人営業部のエース）

美紗は人当たりの良いスマートな本橋の挨拶に、内心拍手をしたい気分になった。

「……アレって今日だったのか？」

美紗の耳元で、まだ落ち着かない様子の創が囁く。今さらコソコソしたって遅いのにと思いながら兄を睨《にら》みあげた。

「もう！　ちゃんとメール読んでないでしょ。それより、お兄ちゃんこそ急にどうしたの？」

「今朝、こっちに帰るってメールしただろ。月曜日に本社の会議に出なきゃいけなくなったから、うちから行こうと思ってさ」

「え？　うそ」

そういえばさっきタルトの写真を撮ったときにメールの通知が見えたけれど、あとでゆっくり見ようと思ったのだ。

「ごめん、気づかなかった」

「おまえだってメール読んでないじゃん」

「だって！」

責任のなすりつけあいで兄妹喧嘩《きょうだいげんか》が勃発しかけたところに本橋の声が割って入る。

「あの、積もる話もあるでしょうから、俺そろそろ失礼します」

営業スマイルを浮かべた本橋の言葉に兄妹は顔を見合わせた。

「え。あ、あのっ、でも」

創がいることも忘れて、思わずすがるように本橋の顔を見つめてしまう。

「今日はありがとな。明日は日曜日だからゆっくり休んで」

その声音に残念そうな様子はない。せっかくのいいムードを邪魔されたのに怒っていないのだろうか。

「え、駅まで送りますね！」

さっきまで今夜は一緒に過ごす気持ちになっていたから、急に帰ると言われても別れがたい。それなのに本橋は美紗の申し出をあっさりと断った。

「いいよ。そうしたらおまえが帰り危ないじゃん」

「じゃ、じゃあ外まで」

「そうか？　じゃあ門のところまで」

「はい」

本橋はもう一度創に頭を下げると、リビングをあとにした。

「今日は……すみませんでした」

扉の外に出た瞬間、美紗はそう口にした。家の中では創に聞こえてしまう気がしたのだ。

「うーん」

予想外の本橋の唸《うな》り声に、やはり怒っているのかとその顔を見上げると、唇には笑みが浮かんでいて美紗はホッとした。

こういう顔をしているときの本橋は、この状況を面白がっているときだと短い付き合いながらなんとなくわかる。

「今夜は泊まるつもりだったんだけどな〜」

「……っ」

唇に浮かんだニヤリとした笑みに、本橋が美紗をからかっているのだと気づいたけれど、やはりその言葉にドキドキしてしまうのを止めることはできなかった。

頬が勝手に熱くなって、外灯のほの暗い明かりでも顔が赤くなっていることに気づかれてしまうだろう。

案の定本橋は身を屈め美紗の耳元で甘い言葉を囁いた。

「美紗。今自分がどんな顔してるかわかってる？　男は、そんな顔されたら帰りたくなくなる」

そう言いながら、耳朶にやさしく唇を押しつけた。

「んっ」

「この埋め合わせは……また連絡するから覚悟しておくように」

ゆっくりと離れていく本橋の熱に、どうしていいのかわからなくなる。衝動的にすがりつきたいような、こんな思わせぶりな空気から逃げたいような不思議な感じだ。

それに、ほんの少しだけ創が帰ってきたことにホッとしている自分もいる。

本橋のそばにいたいけれど、なし崩しに抱かれてしまうのは違う。自分が本橋を好きでも、彼にはそのつもりがないのだ。

お互いの気持ちが違うのに、そういうことをしてはいけない気がする。それはこの間本橋に抱かれるまで知らなかった気持ちで、抱かれるのなら自分を好きでいてくれる人がいいとはっきり思えるようになった。

やっぱり自分は本橋のことが心から好きになってしまっている。

「じゃあな」

門扉の間をするりと通り抜ける本橋の姿を見つめながら、美紗は自分の感情に泣きたい気分だった。

リビングに戻ると、創はすっかりソファーで寛ぎテレビを見ている。しかも美紗がどれを食べようか散々迷ったタルトを食べていた。

「ちょっと！　勝手に食べないでよ‼」

「なんだよ。ひとつぐらいいいじゃん」

「すっごい有名なお店のタルトなんだよ！　大事に食べようと思ってたのに！」

本橋との時間を邪魔されたせいだろうか。いつもより創を邪険にしてしまう自分がいる。

「しょうがないだろ。腹減ってるんだから。あ～ピザでも頼もうかな」

「夕飯は？　食べてないの？」

「おまえとどっか食べに行くつもりだったんだよ。どうせひとり暮らしになってろくなもん食べてないだろうから、うまいもん食わせてやろうと思ってさ」

創の言葉に、たった今邪険にしたことが後ろめたくなった。もともと兄妹仲はいいし、一緒に住んでいるときも創の過保護っぷり以外は問題なく過ごしていたのだ。

「私、なにか作ろうか？」

冷蔵庫に本橋が作った料理の残り物があるから、冷凍のご飯と一緒に温めればいいだろう。

しかし次の瞬間、創の顔に浮かんだ恐怖の表情に、美紗は一気に不機嫌になった。

「おまえが作るのか⁉」

「私、さっきの先輩に料理習ってて、お兄ちゃんよりマシだと思うけど！」

美紗はそう言い捨てると、タルトの箱を取り上げて冷蔵庫に向かった。

冷蔵庫の中には本橋が保存容器に入れておいてくれた残り物があるが、これを創に食べさせたらなんだか負けた気がする。

美紗は冷蔵庫の中身と相談をして、自分でもできそうな食事を作ってやることにした。

――十五分後。美紗は自分の手際の良さに惚《ほ》れ惚《ぼ》れしながら、ダイニングテーブルに皿を置いた。

「さあどうぞ！」

お吸い物はインスタントだが、残り物で炒飯《チャーハン》を作るなんて我ながらいいアイディアだ。

これなら炒《いた》めるだけでいいから、センスがない美紗でも失敗しない料理だ。

「お！　美紗が作ったのか！」

創は妹の手料理にあからさまに相好を崩した顔で椅子に座ってスプーンを手に取った。

「いただきますっ！」

嬉しそうにスプーンを頬張る兄の前に、お茶の入ったグラスを置いた。これまでは料理ができない残念な女子だったけれど、これからは違う。

しかし自信たっぷりで返事を待っていた美紗は、いつまでたっても兄の口から出てこない讃辞《さんじ》に痺《しび》れを切らしてしまった。

「ねえ、どお？」

「お、美味しくない？」

美紗の言葉に創はなんとも言えない微妙な顔だ。

「……不味くはない」

「なによ、それ」

不味くはないけれど、美味しくはないということだろう。せっかくの力作に対して返された反応に、美紗は頬を膨らませた。

「これってキムチ炒飯、なんだよな？」

「それ以外になにがあるって言うのよ」

ダイニングに漂う香りはキムチ以外なにものの香りでもないはずなのに確認をされるな

んて心外だ。

「うーん。いや、キムチは好きなんだけど、炒飯って呼ぶにはちょっと水っぽいんだよな～しかもご飯に味が染みこんでるのはいいんだけど柔らかすぎ」

「うそ」

美紗は創の手からスプーンを奪うと皿から一口すくい取った。

「……美味しくない」

「つうか、味見してないの？」

「だって、今日のレシピは完璧だと思ったんだもん！」

ネギとベーコンと卵が残っていたから、炒飯にしようというのはすぐに決まった。でもただ普通の炒飯を作るなら今まで通りだからアレンジをしようとキムチを入れたのだ。

炒めていたら思っていたよりも水分が出てきたからしっかりと水分を飛ばすように炒めたはずだったが、ご飯が水分を吸いすぎて雑炊のような柔らかさになってしまっている。

「それに、なんでレタスが入ってるんだ？」

「だってレタス炒飯ってあるでしょ！」

「いや、キムチ炒飯とミックスは不味いんじゃないの？」

創もひとり暮らしで野菜が足りていないと思い、よかれと思って入れたけれど、炒めすぎてハリのなくなったレタスは、さらに炒飯の食感を台無しにしてしまっている。

「……ごめん」

久しぶりに創が帰ってきたから勉強の成果を披露しようと思ったのに、逆に自分の残念さを披露しただけになってしまった。

「でもまあ、アレだ！　まだ料理の勉強はじめたばっかりなんだろ？　大丈夫！　美紗は絶対に上手くなる！　兄ちゃんが保証する!!」

なんの根拠もない励ましだが、落ち込む妹をなんとか盛り上げようとしてくれているようだ。

「今までなんにもしてこなかったおまえが自炊をしてるってことが快挙だからな！　笠原家、今年最大の事件だ!!」

だんだん励ましと言うよりは、バカにされているように聞こえるのは気のせいだろうか。

「それに最近はさっきのヤツみたいに料理がうまい男だっているんだから、結婚相手はそういう男を探すってことだってできるだろ。いやいや、美紗にはまだ彼氏は早すぎるか！　ははははっ！」

そう言いながら、自分でも美味しいとは言えなかった炒飯をちゃんと平らげてくれた創に、美紗は胸がいっぱいになった。

本当はありがとうと素直に言えばいいのに、それはなんだか恥ずかしい。美紗はせめてもの気持ちを込めて、本橋に上手だと言われたコーヒーを淹《い》れた。

「そういえばさっきの男……本橋さんだっけ？　ＳＮＳで有名な人だって聞いたけど、大丈夫なのか？　そんなので知り合った男を家に上げたりして。最近はＳＮＳから結婚詐欺とか変な犯罪に巻き込まれるって話、よく聞くぞ」

創がコーヒーを啜《すす》りながら美紗を心配するような視線を向けた。

「まさか！　だって本橋さんは会社の先輩で、元々知ってる人だもん。それに今日の撮影だってちゃんとした雑誌のお仕事だし、お兄ちゃんが帰ってくる少し前までカメラマンさんとか編集さんもいたんだよ」

「でもさっきは二人きりだっただろ。チェーンまでかけて」

「あれはひとり暮らしで不用心だから鍵をかけるクセがついただけでやましいことなんて」

そこまで言いかけて、インターフォンが鳴ったときに二人でしていたことを思い出してしまう。

ワンピースのボタンを外され胸が剥き出しになり、スカートを捲り上げられていたのだ。むしろチェーンをかけ忘れて、鍵を開けた創に踏み込まれていたら大変なことになっていたのではないだろうか。

つい黙り込んだ美紗に、創は少しためらいながら言った。

「あー……あのさ。いや、もしかしたらなんだけど」

「なに？」

「おまえ、あいつと付き合ってるのか？」

「っ！」

ズバリ指摘されて返事に困ってしまう。しかし動揺して目を泳がせる様は、誰が見ても美紗が本橋に特別な感情を抱いているのだとわかってしまうだろう。

「つ、付き合っては……そうなればいいなって思ってるけど」

美紗は赤くなりながら俯《うつむ》いた。

本橋は女性と付き合うつもりはない。曖昧にしてきたその事実を突きつけられた気がした。

彼にその気がない以上これは美紗の片思いで、この先も彼と付き合っていくのなら、不毛な関係が続くということだ。

今の美紗は世間で言うセフレとか、そういう存在になるのだろう。

深刻そうな顔で黙り込む美紗に、なにかを感じ取った創が眉間に皺を寄せた。

「まさか、あの男、付き合ってないのにおまえになにかしたんじゃないよな？」

〝あの男〟というフレーズが妙に攻撃的に聞こえて、美紗は慌てて口を開いた。

「あ、あの。プライベートで会うようになったの最近だから、そんなにマジな顔しないでよ。もしかしたらそういうことになれたらいいかもって、私が一方的に思ってるだけだし。別に向こうはなにも」

「おい、どうしてあいつをかばうんだ？　もしかしてホントに」

「違うってば！」

最近では落ち着いていた過保護モードのスイッチが入ってしまったのか、不機嫌を隠さない創に、美紗は嫌な予感がよぎる。

もともと創は〝ウザい〟と言いたくなるぐらいの過保護で、美紗の交友関係、特に男友達との付き合い方に口うるさかったのだ。

高校生までは門限が十九時で、部活が終わったら友達と寄り道もせずに帰らなければ間に合わなかった。週末に友達と遊びに出かけて遅くなったときなど、最寄り駅で美紗の顔を見るまでひっきりなしにスマホへ連絡してきたこともある。

さすがに社会人になって門限こそなくなったけれど、転勤になるまでは飲み会で遅くなったときなど誰と一緒だったかなどしつこく問い詰められた。

兄が名古屋に転勤が決まったとき、寂しいと感じる反面、ちょっとホッとした部分もあったのだ。

もしすでに身体の関係があることを知られたら、大変な剣幕で本橋の元に怒鳴り込んでしまうかもしれない。

「ちょっと落ち着いてよ」

これ以上創をヒートアップさせないように言葉を選ぶ。

「お兄ちゃんが心配してくれてるのは嬉しいけど、誤解だからね。さっきも言ったけど、私の方がお料理を教えてもらってる側で本橋さんは私のことをただの会社の後輩としか見てないんだから」

創を安心させるつもりで口にした言葉は、まるで自分に言いきかせているみたいで、胸の奥に小さな痛みが走った。

まるで指の先に刺さった小さな棘《とげ》が残ったままのような、いつまでも消えない鈍い痛みが広がっていくみたいだ。

「ね。頑張ってお料理教わって、もっと美味しいもの作れるようになるからさ。そんなふうに言わないでよ」

その言葉に、創の表情がほんの少しだけ緩む。

「……俺を心配させないように嘘ついてるんじゃないよな？」

「本当だってば。それに本橋さんじゃなくても誰かとお付き合いをするってなったら、ちゃんとお兄ちゃんには紹介するから」

美紗は最後の一押しとばかりに、創の機嫌を取るようににっこりと微笑んだ。

「……おまえがそう言うなら」

まだ完全に納得したとは言えないけれど、創は不承不承という態で頷いた。

「俺はさ、カワイイ妹が不幸にならなきゃそれでいいんだ。その代わり、なんかあったらすぐに俺に相談するんだぞ」

「もちろん」

「……ならいい」

創は美紗から視線をそらすと、不機嫌だった自分を誤魔化すように大きく伸びをした。

「あーおまえさ、明日買い物付き合えよ」

唐突に変わった話題に首を傾げる。

「え？」

「ほら東京にしかない店もあるし、バーゲンも始まってるだろ。帰りに兄ちゃんがなんかうまいもの食わせてやるぞ！」

不機嫌になった埋め合わせをするつもりらしい。色々と口うるさいけれど、兄に本気で怒れないのはこういうところがあるからだ。

「いいよ」

美紗が頷くと、案の定創はあからさまにホッとしたような顔になった。

「お、おう。なに食べたい？」

「お肉。美味しいお肉食べたい」

「わかった！　うまいステーキか？」

「うーん。焼肉かな。この間テレビでやってて、すっごく美味しそうなお店があったの。そこ行きたいなぁ」

「よし！　そこ行こう！」

嬉しそうな創の顔に美紗も笑顔を返した。

でも心の隅では兄に嘘をついてしまったこと、そして自分で刺してしまった棘が痛くてたまらない。

これから本橋と自分はどうなっていくのだろう。考えても明るい未来が想像できない。好きになってはいけない人を好きになった、それはわかっているけれどこの気持ちをどうすればいいのかわからない。

美紗は重い気持ちを紛らわすように、必死で笑顔を取り繕った。

6　気持ちはブロックします

月曜日。美紗がその日の業務を終え会社を出ると、ビルを出たところで名前を呼ばれた。

「美紗」

振り返ると、少し離れた植え込みの淵《ふち》に座った本橋が立ちあがるところだった。

「お疲れさまです」

土曜日に別れたときの甘い言葉を思い出し、鼓動が速くなる。本橋を見た瞬間、週末にこの関係をどうしたらいいのか思い悩んでいたことなどどこかに吹き飛んでしまった。

それに週末の私服の方が見慣れているからか、スーツ姿が妙に新鮮でドキドキしてしまう。

「どうしたんですか？　こんなところで」

「おまえ、携帯見てないだろ？」

「え？」

慌ててバッグからスマホを出すと、本橋からの着信とメールが残されていた。

「すみません。お昼休みにチェックしたきりで」

「いいよ別に。それより、今夜の予定は？　まだお兄さんいるのか？」

「いいえ。兄は今日の夕方の新幹線で名古屋に戻るって言ってました。土曜日は突然兄が帰ってきてしまってすみませんでした」

「いいって。俺の方がおじゃまさせてもらってたんだからさ。それより、時間があるならちょっと付き合わないか」

「なんですか？」

「おまえ、この前新しい器が欲しいって言ってただろ。紅林さんから新しい食器が入荷したって連絡が来たから、おまえも一緒に来るかと思ってさ」

「紅林さんって……あの食器屋さんのオーナーですか」

そういえば、あのときは突然だったから挨拶もしていないが、本橋がそんな名前で呼んでいた気がする。

「そうそう。どうする？」

「喜んでお供します！」

本橋はちょっと笑って、美紗と並んで歩き出した。

週末までは本橋とゆっくり会うことはないと思っていたから、嬉《うれ》しくて会社帰りだというのに足取りが軽くなる。

仕事終わりに一緒にどこかに行くなんて、恋人同士みたいだ。

「そうだ。あとこれ」

本橋が歩きながら書店の紙袋を手渡してきた。

「なんですか？」

「土曜日のお礼の一部。ちゃんとしたお礼は改めてするけど、今のおまえに一番必要なもの」

紙袋の中は料理の本で、表紙にでかでかと『料理のきほんのき』と書かれていて、その他にも〝スーパー初心者さんでも安心〟〝これでお米の研ぎ方も大丈夫！〟〝包丁の持ち方から野菜の切り方まで〟などという言葉が羅列されている。

「これ……」

「おまえ、昨日メールで炒飯《チャーハン》失敗したって書いてきただろ」

「う」

確かにあまりにも残念な料理だったので、本橋になにが悪かったのか次回教えて欲しいとメールをしたのだ。

「ちなみに昨日の失敗はご飯とキムチを一緒に炒《いた》めはじめたこと。キムチは小さく切って最初にごま油で炒めて水分を飛ばしておくんだ。おまえのことだから全部の具材を一気に投入したんだろ？」

「……」

図星過ぎてなにも言えない。どうしてあのメールだけでそこまでわかってしまうのだろう。

「野菜炒めでもカレーでもそうだけど、具材によって火の通りが違うんだから、炒める順番があるんだぞ。そもそもスーパー初心者のくせに、アレンジしようとするのが間違ってるんだよ。おまえはとにかく基本！　テキスト通り作れば絶対失敗しないから」

「……」

厳しい言葉にほんの少し唇を尖《とが》らせると、冷たい目で見下ろされる。

「なんだよ。なんか文句あんのか？」

「……」

上から目線で言われて傷つくけれど、その通り過ぎて返す言葉もない。美紗が仕方なくふるふると首を横に振ると、大きな手でポンポンと頭を叩《たた》かれた。

「じゃあ頑張って練習しなさい」

「……はーい。あ、ちゃんと練習したら、味見してくれますか？」

「いいよ。つうか、どうせ週末うちにくるだろ？　その時練習の成果見せろよ」

「うん」

当たり前のように次の約束がある。嬉しくて頷《うなず》いてから、それが作りものであることに胸が苦しくなった。

知らない人が見たら普通のカップルの会話だが、本当はカップルなんかじゃなく、お互いの利害のために付き合っているふりをしているだけだ。

本橋は美紗に口止めをするためと言ったけれど、美紗には本橋の秘密を話すつもりなどないのだから、この関係は成立しない。

本当のことを話して本橋を安心させてやればいいのに、それを口にしたらもう会ってもらえない気がして、言えない自分がいる。

美紗の心の葛藤に気づかない本橋は、人前だと言うのに美紗の耳に唇を近づけ思わせぶりなことを囁《ささや》く。

「それにこの間の続き……したい」

耳朶《じだ》や頬に吐息が触れるだけで美紗の体温が上がってしまうことに、本橋は気づいているのだろうか。

美紗の顔がほんのりと赤く染まるのを確認して、本橋の唇が得意げに歪《ゆが》む。

「ほら」

腕を伸ばして美紗の小さな手を自分の手のひらの中に収めてしまう。

「紅林さんのところで食器見たら、なにか食って帰ろう。俺たちいつも家で食事だから、たまには人の作ったもの食べて勉強しないとな」

「……うん」

手のひらから伝わってくる熱にまた少し体温があがる。やはり本橋とはもう少しだけこの普通のカップルのふりを楽しみたい。

「なに食べたい？　肉？　魚？」

「うーん。昨日お兄ちゃんと焼肉食べたんですよね」

「じゃあ魚がうまい店にするか」

「はい！」

美紗は後ろめたさを隠して、本橋に向かって微笑み返した。

しかし翌日出社をした美紗は、自分の都合で本橋をつなぎ止めていたことに対するしっぺ返しを食らうことになった。

美紗がいつもより遅くお弁当を手に休憩室に行くと、美紗のチームのメンバーはあらかた食事が終わりおしゃべりタイムに入っていた。

いつもなら派遣さんたちと一緒に休憩に入るのだが、休憩間際にクレーム対応を頼まれてしまい、美紗だけひとり電話口に繋《つな》ぎ止められていたのだ。

「おつかれさまでーす」

「美紗ちゃん、お疲れ様。結構うるさそうなお客様だったけど、大丈夫だった？」

斉藤、赤坂の主婦コンビが美紗を見つけて手を振った。

「お疲れさまです。付帯条件の説明に不備があったみたいですけど、ちゃんとお話ししたらご理解いただけたので大丈夫ですよ」

「そう、それなら良かったわ」

「うんうん」

斉藤と赤坂は頷きながらも、お互いに目配せをして再び心配そうな目を向けた。

「……なにか、あったんですか？」

美紗の問いに、二人は顔を見合わせ困ったような顔になる。言おうか言うまいか迷っている感じだ。

しばらくの沈黙のあと、赤坂が思いきったように美紗を手招きした。

「あのね……」

ひそめられた声に、美紗も、そして斉藤も顔を近づけた。

「美紗ちゃん、あの子たちとなにかあった?」

チラリと向けられた視線の先には、長堀、松山、高倉の若手三人組がいる。

「……」

美紗の戸惑った表情を見て、向かいに座る斉藤が溜息《ためいき》をついた。

「さっきね、あの子たちあなたの悪口言ってたのよ。抜け駆けとか嘘《うそ》つきとか。心当たりないの?」

「……」

「なにがあったのかは知らないけど、美紗ちゃんはあの子たちの上司に当たるんだから、ああいうの良くないと思うのよ」

「美紗ちゃんもやりにくくなるだろうから、あたしたちから一言注意してあげようか」

今にも立ちあがって行きそうな二人に、美紗は慌てて言った。

「あ、あの、大丈夫です！　私から声をかけてみますので」

「でも」

「ホントに！　ありがとうございます‼」

美紗は二人に向かって頭を下げた。

実質美紗のチームを仕切っているのは斉藤だ。その斉藤が注意すれば表立った悪口はなくなるかもしれないが、あちらのグループとの溝ができてしまうことは間違いない。

それはチームの責任者として避けたいし、そこまで斉藤に頼ってしまうのは社員として情けない。

「ちょっと話してきますね」

二人にもう一度会釈をすると、美紗は少し離れたテーブルに座る三人に近づく。

するとすぐに美紗に気づいた三人は目で合図を送り、声をかける前にサッと立ちあがり休憩室を出て行ってしまった。

出て行き際に一瞬だけ振り返って美紗を見た長堀の視線に足が竦《すく》んでしまう。

明らかにこちらに敵意を持った目で、やはり自分が三人を不快にするようなことをしてしまったのだと理解できるような鋭い視線だった。

あとを追って話をしなければいけないとわかっていたけれど、そのあとに三人にどんな言葉を返されるのかと思うと身体が動かない。

「……」

赤坂と斉藤がなにか言いたげに美紗を見つめている視線を感じたが、その視線から逃げることも、取り繕う言葉も思い浮かばなかった。

結局その日は三人に声をかけることが出来ずに退社時間になってしまった。帰りぎわにもう一度声をかけようとしたのだが、ほんの少し他の人と話をしているうちに三人の姿は消えていた。

＊　＊　＊

翌日もミーティングの時こそ美紗の話を聞いていたけれど、業務以外のことでは美紗と口を聞くつもりがないのか、声をかける間もなくサッと背を向けられてしまう。

理由は聞かなくてもなんとなく思い当たることがある。きっと本橋のことだろう。紹介すると言いながらなかなかチャンスを作らないから、いい加減痺《しび》れを切らしたのかもしれない。

ずっと保留にしていたのだから〝嘘つき〟と言われても仕方がないと思う。だがそうだとすると赤坂たちが聞いたという〝抜け駆け〟という言葉の意味がわからない。

どちらにしても三人が怒っているのは本橋に関してだと見当はつく。

本橋との事情を話すことが出来れば三人も納得してくれるかもしれないが、それは出来ない。

自分を守ることは簡単だけれど、それは今まで良くしてくれた本橋を裏切るということだ。

それにこれは美紗が適当な受け答えをした結果で、自分で招いたことだから本橋には関係ない。自分で解決をしなければいけないことだ。とにかく早く三人と話をしなくてはいけない。

昼休み、美紗は三人が休憩室を出て行くのを見て、すぐに席を立った。

さっきも赤坂たちがなにか言いたげにしていたし、介入されたらお互い仕事がやりにくくなってしまうだろう。

美紗は竦んでしまった気持ちを励ますと、急いで三人のあとを追った。

「ちょっと待ってください！」

三人に追いついたのは、女子トイレのすぐ手前だった。

「……っ」

振り返った顔のあまりの険しさに息を飲む。すると一瞬の沈黙のあと、さっと仮面をつけたかのように三人の顔が笑顔になった。

「おつかれさまでーす。美紗さん」

「どうしたんですか？　私たちもうすぐ休憩が終わっちゃうんで急いでるんですけど」

「美紗さん、お昼まだなんですよね？　急いだ方がいいんじゃないですか？」

「あの、えっと……」

目が笑っていない、貼り付いたような笑顔がギュッと美紗の心臓を鷲《わし》づかみにする。

頭の中が真っ白になって、考えていた言葉など全て消えてしまった。

思い浮かぶのは〝嘘つき〟〝抜け駆け〟という言葉だが、さすがにダイレクトに自分の悪口を言っていたのかと問い詰めることはできない。

「あの……」

「美紗さん、私たちに言わなくちゃいけないことがあるんじゃないですか？」

「……え？」

逆に切り込むような言葉で問いかけられて、困惑してしまう。

三人が怒っているのは本橋を紹介する約束を守らなかったことに対してではなかったのだろうか。

急いで昨日からの連絡事項を思い浮かべるけれど、シフト表を配布した以外に大きなことはなかったはずだ。みんなの希望を最低限取り入れたつもりだが、気に入らなかったのかもしれない。

「えっと。シフトのことですか？」

美紗の返答は的外れだったのだろう。三人はあからさまな溜息をつく。

どうしてここまで責めるような態度をされるのかわからず、美紗は泣きたい気分になった。

重苦しい沈黙が続いたあと、埒《らち》が明かないと思ったのか松山が苛ついたように口を開いた。

「美紗さん、本橋さんと付き合ってますよね？」

「……え？」

思ってもみなかった言葉に、美紗は息が止まりそうになった。

「私たち、見たんですよ。一昨日二人で手を繋いで歩いてましたよね？」

「……あ」

「ひどいですよね。私たちに紹介してくれるなんて適当なこと言って、自分が先にアプローチするなんて」

「そうですよ。そりゃ美紗さんの方が私たちより若いし、社員さんだし、向こうだって誘われたら断れないでしょうけど」

「社員さんだから、派遣社員なんて使い捨てだと思ってるんでしょ。私たちが美紗さんの下で働きたくない、辞めますって言っても、新しい派遣を補充すればいいだけだもの」

「そんな！」

いつも派遣さんにどうやったら気持ちよく働いてもらえるか、長く続けてもらえるかを考えているのに、使い捨てだなんて思ったことはない。

でも今それを伝えても、三人には信じてもらえないだろうし、きっとただいいわけをしているだけだと思われてしまうだろう。

それに理由はなんにしろ、本橋と二人で会っていたのは事実だ。二人でいるところを、しかも手を繋いで歩いているところを見られたのなら、なにを言っても火に油を注ぐだけだ。

事実なにも言わなくても一度堰《せき》を切った三人の気持ちは止まらず、美紗が一番恐れていたことを口にした。

「とにかく、私たちもう美紗さんのこと信じられなくなりました。これから派遣会社に希望を出してチームを変えてもらうか、別の派遣先を斡旋《あっせん》してもらうつもりなんで」

「ちょ、ちょっと待ってください！　私、皆さんに嘘をつくつもりなんて」

「ついたじゃないですか！　もしかして最初から私たちの相談を聞いて笑ってたんじゃないですか⁉」

「違います！　私は」

美紗にしては珍しく、チームのメンバーに向かって大きな声をあげかけた時だった。

「なんだ、やっぱり美紗だ」

美紗の言葉に被せるように聞こえた声に、その場にいた全員が目を見開いた。男子トイレから、この揉《も》め事の渦中の人とも言える本橋が姿を見せたのだ。

「ケ……本橋さん⁉」

なんとか最初に口を開いたのは美紗だった。他の三人は突然の本橋の登場に言葉を失ってしまっている。

「立ち聞きするつもりはなかったんだけど、聞こえちゃってさ。間違ってなければ俺が話題になってた？」

ひとり余裕があるのはことの成り行きを全て聞いていた本橋だけで、飄々《ひょうひょう》とした表情で女性陣の顔を見回した。

「もし俺のことでこいつのこと怒ってるのなら、一言言わせてもらってもいいですか？」

なにを言うつもりだろう。余計なことを口にされてこれ以上三人を怒らせたくないのに。それにこれは美紗の問題で、彼には関係ないことなのに。

美紗が本橋を止めようと、その腕に手を伸ばしかけた時だった。

「待って」

「すいませんでした！」

美紗の制止などかき消すような大きな声で、本橋がいきなり三人に向かって頭を下げた。

「え」

それ以上言葉が出てこない美紗と同じように、三人も口をぽかんと開けて、突然の謝罪に面食らったような顔をしている。

この状況で本橋が出てきたら、美紗に詰め寄っていた三人の方がばつの悪い思いをしてもおかしくないのに、逆に謝罪をされるというおかしな状況だ。

微妙に気まずい空気が流れる中、やっと本橋が顔を上げて口を開いた。

「俺たちが付き合っていることを黙っててすみません。仕事に差し支えると嫌だから、俺が会社の人たちには内緒にしておくように言ったんです。皆さんから飲み会を開いて欲しいって言われた時も、こいつは本当のことを言いたかったんだけど、俺が言うなって口止めしたんです。だから、美紗を責めないでもらえますか」

本橋の言葉に三人は顔を見合わせた。どう返事をすればいいのか迷っている感じだ。

「一緒に仕事をしてる皆さんならご存じだと思うんですけど、こいつ色々気を遣いすぎて、要領が悪いんですよね。真面目なんで適当に誤魔化すっていうのが出来ないやつなんですよ。それで、お詫《わ》びといってはなんですが、皆さんさえ良ければ、今度法人営業の奴らと飲み会セッティングしますんで」

「きゃあ！」

本橋の最後の言葉に、三人が悲鳴のような嬌声《きょうせい》をあげた。

「もお！　美紗さんもこんな繋がりがあるのなら言ってくれれば良かったのに」

「ねー美紗さんっていつも控えめで自分のこと話さないから。私たち、いつも美紗さんのそういう引っ込み思案なところ心配してるんですよ～」

「そうよねぇ。本橋さんと付き合ってるってこっそり教えてくれればこんなことにならなかったのに。私たち仲良しなんだから、他の人に話したりしないのに」

まるで親友のように盛り上がり、肩を叩かれる。

「……す、すみませんでした」

なぜか頭を下げなければ納まらない雰囲気で、美紗が謝罪を口にすると三人は笑顔になった。

「美紗さんのことは任せてください！」

「飲み会の件、是非よろしくお願いしま～す！」

「大変！　もう休憩時間終わっちゃう！　お先でーす！」

かしましいとはこのことで、三人が去ったあとの静けさは台風一過というところだ。

「なんとか誤魔化せたな」

溜息交じりの本橋の声に、美紗はやっと我に返った。そして次の瞬間笑顔で美紗を見つめる本橋を怒鳴りつけていた。

「どうしてあんな適当なこと言うんですか！」

確かに最初は彼女のふりをすることに半ば同意していたけれど、もうその取引は必要なくなってしまっている。強いて言えば、本橋が長堀たちからのアプローチを避けるのに役立つぐらいだ。

むしろ毎日三人と顔を合わせる美紗が苦しい状況になるだけなのに。

「なんで勝手に口出ししたんですか？　私には私のやり方が」

「バカ。ああいうときは向こうを怒らせたら終わりなんだよ。嘘でもなんでもいいわけしろよ。おまえ真面目すぎ」

「でも嘘ついたら、ばれたとき困るでしょ！」

なぜだかわからないけれど、今までにないぐらい本橋に腹が立ってきつい口調になってしまう。

本当は付き合っていないのだから、いつかは嘘がばれる。その時再び信頼関係を失ってしまうのは美紗なのだ。

「嘘じゃないだろ。ちゃんと飲み会だって開いてやるし、あの派遣さんたち喜んでたんだから問題ないじゃん」

「……」

確かに一時的にその場を取り繕うのにはよかったかもしれないが、そのあとも嘘をつき続けなければいけなくなった。

本橋は部署が違うから被害は少ないかもしれないが、その後のことを考えたら勝手すぎるだろう。

返事をせずに唇を嚙《か》む美紗を見て、本橋の声音が優しくなる。

「俺のせいで嫌な思いさせて悪かった。でも、あの場合あのいいわけが一番信じてもらえるだろ?」

（やっぱり……都合のいい、いいわけなんだ）

あまりにも自分の気持ちと本橋の気持ちが離れていることを思い知らされて、胸がなにかに抉《えぐ》られたかのように痛い。

「今夜の予定は?　なんかうまいもん食わせてやるから、機嫌直せって」

機嫌を取ろうとしているのか、本橋の声は本当の恋人のように甘い。美紗は宥《なだ》めるように頬に触れてきた本橋の手を振り払った。

「触らないで」

「美紗?」

「もう私のことは放って置いてください。料理を教えてくれなかったとしても、最初からケイのことバラすつもりなんてありませんでしたから」

もっと早くこのことを伝えていれば、こんなに苦しい気持ちにならなかったのかもしれない。こんなに胸が痛いのは自業自得だ。

いつの間に本橋のことをこんなに好きになってしまったのだろう。でも本橋は恋人を作る気がないと言っていたし、この気持ちに望みなんてない。

「とにかく、もう私のことにはかまわないでください！」

思わず口をついて出た言葉に、いつも自信たっぷりの本橋がめずらしく目を丸くした。

「そんなに怒るなって」

「別に怒ってないです。ただ……ケイの手伝いとか料理の練習とかするのに飽きちゃっただけですから」

もっともっと好きになってしまう前に、この関係を自分から終わらせよう。そうやって自分の心を守らないと、もっと傷つくことになる。

なるべく軽い感じで言いたいのに、本橋の目を見ることができなくて顔を背けた。

「も、元々デリップも話題になってるから始めただけだし、料理もあんまり上手くならないからつまらないなって。ケイもそろそろ私の相手をするの飽きたでしょ。毎週こんな初心者に付き合ってたら雑誌の取材用のメニューとかも考えられないだろうし、ホントは面倒くさいとか思ってたでしょ」

黙って聞いていた本橋が心外だという顔で眉を寄せた。

「俺は飽きたなんて思ったことない。勝手な解釈するな。つうか、おまえおかしいぞ」

「なにがですか？　私は元々こういう人間ですから。とにかく飽きちゃったんですってば。察してくださいよ。私もうケイの、本橋さんの家に行くのはやめます。い、いろいろお世話になりました」

空気から本橋が怒っているのが伝わってきて、早口になってしまう。

「美紗。いい加減にしないと怒るぞ」

本当はこんなことを言いたくはない。でも自分の心を守ることしか考えられなくて、自分でも驚くぐらいひどい言葉が溢《あふ》れてくる。

「もう怒ってるじゃないですか。私、本当はそういうすぐ怒る男の人も苦手なんですよね。それに本橋さん、いつも私に意地悪だし、最初から夕、タイプじゃないし」

「おい、なに言って」

腕を摑《つか》まれそうになり、美紗はとっさに後ずさりその手から逃げる。もしいつものように触れられたら、本当は本橋のことが好きだと口走ってしまうかもしれない。

「もう私から連絡しないんで、これからは社内で会っても無視してくださいね。私もそうしますから。あの、行ってもいいですか？　シフトの時間なんです」

「美紗……本気で言ってるのか？」

射貫かれてしまいそうなほど強い瞳で見つめられ、美紗は小さく息を飲んだ。

「……」

言葉の代わりにプイッと顔を背けると、本橋の深い溜息が聞こえた。

「わかった。もういいよ」

（――え）

さっきまでと違うあっさりとした返事に、それを望んでいたはずなのについ本橋に視線を向けてしまう。

「おまえの気持ちはわかった。今まで付き合わせて悪かったな」

本橋は静かにそう言うと、一瞬だけ美紗を見つめてから踵《きびす》を返す。あまりにもすんなりと背を向けられ戸惑っているうちに、目の前から本橋の姿が消えていた。

ひとりぽつんと廊下に取り残された美紗は、しばらくその場に呆然《ぼうぜん》と立ち尽くしてしまった。

自分から本橋を遠ざけようとしたはずなのに、美紗の方が切り捨てられた気分で胸が痛い。こんな喪失感を味わうのなら、怒って罵られた方がマシだった。

「……なんで」

どうしてこんなことになってしまったのだろう。

初めてちゃんと好きだという気持ちを感じた人だったのに、自分で全てを壊してしまった。

こんな気持ちを味わうのなら、もう二度と人を好きになったりしたくない。美紗は胸を絞るような痛みにその場に頽《くずお》れてしまいたかった。

＊　＊　＊

本橋にひどい言葉を投げつけ、彼に愛想を尽かされたあの日、美紗は自分からデリップのフォローを外し、向こうからこちらの投稿を見たりメッセージを送れないようにブロックをかけた。

もちろんスマホも含めて着信拒否をかけて、本橋とは一切連絡を取れないようにしてしまった。

彼を傷つけてしまったから、自分なりにけじめをつけたつもりだ。

最悪社内で顔を合わせる可能性もあるけれど、向こうは営業職で外回りも多いし、出退社時と休憩時間だけ用心すれば顔を合わせる機会はないに等しい。

あとは長堀たち三人に、美紗のせいで飲み会が出来なくなったことを伝えなければいけなかったが、胸の中にぽっかり空いた喪失感に気づかないようにするのが精一杯で、三人に謝ることはできなかった。

そして本橋と会わないと決めたのはいいけれど、ふと自分に週末の予定がないことに気づく。ここ数週間本橋と過ごしてばかりいたから、ずっと続くと思っていた週末の予定は、心と同じようにぽっかりと穴が空いてしまった。

平日なら日中は会社があるからあまり考え込むことはないけれど、休日一日中家にいたら、埒もないことを考えてしまいそうだ。

結局ひとりで過ごす週末が恐くて、美紗は同期の奈菜に連絡をしてしまった。

以前から飲みに行こうとかランチをしようと話をしていたのだが、お互い部署が違うためにタイミングが合わなかったのだ。

幸い奈菜も予定がなかったので、美紗の誘いに二つ返事で応じてくれた。

きっとこうして別のことをして過ごしていれば、いつか本橋のことなど考えることもなくなるだろう。

土曜日は朝早く集合してブランチの有名なお店で食事をし、街中をブラブラしたあと、午後は最近日本に上陸したばっかりだと話題のアイスクリームショップに一時間並んだ。

そのかいあって、デリップにアップしたらナイスがたくさんつきそうなトッピングたっぷりのアイスクリームが出てきた。

「きゃー美味しそう！」

「ヤバイ。超カワイイ～」

店の前がテラス席になっていて、美紗たちはタイミング良く空いたパラソルの下に腰を下ろした。

「絶対ＳＮＳ映えするよね～」

隣のテーブルからもそんな声が聞こえてくる。

「写真写真！」

「今日はお天気がいいから、早くしないと溶けちゃう！」

美紗たちもデコレーションされたアイスのカップを並べて、きゃあきゃあと騒ぎながら大急ぎでスマホで写真を撮る。店先のあちこちで同じような光景が繰り広げられているが、ほとんどが女性グループで、カップルでなければ男性は入りにくい雰囲気だ。

店の名前やトッピングの種類をタグ付けしてデリップにアップすると、午前中にあげた写真にもたくさんナイスがついていた。

最近は本橋に教わったタグや写真の撮り方のおかげで、急にフォロワーが増えて、コメントもつくようになった。

最初は人の写真を見る方が楽しかったけれど、やっぱりナイスがつくと、どこかに共感してくれている人がいるのだと嬉しくなる。

これが本橋の教えのおかげだと思うと、まだ胸が痛くなるけれど、いつかは気にならなくなるのだろうか。

「うわ！　美紗ヤバイ！　めっちゃ写真上手くない？」

美紗のスマホを覗《のぞ》き込んだ奈菜が感嘆の声をあげた。

「そ、そうかな」

「めっちゃ上手いよ！　お昼もデリップにアップしてたでしょ？　私も最近はじめたんだ。アカウント教えてよ〜」

「う、うん」

「やっぱり綺麗《きれい》な写真じゃないとナイスがつかないよね。美紗、色々教えてね」

「……」

褒められているのに嬉しくない。それに美味しいものを食べにきているのに、心が喜ばない。

ナイスがたくさんついて嬉しいけれど、本当に共感してほしい人はひとりだけだからだ。

ふとしたときに本橋のことを思い出してしまい、せっかく美味しいものを目の前にしているのに楽しくなくなってしまう。

「私、デリップやめるかも」

「えっ？　なんで？　もしかして嫌がらせとかあったりするの？　ＳＮＳってそういうことあるっていうもんね」

「ううん。そういうんじゃないんだけど」

デリップをやっていると自然と本橋のことを思いだしてしまうのだ。

本橋と知り合って上達したのは写真の撮り方とタグ付けぐらいだろうか。彼の事を好きにならなかったら、もっと料理を教わったりできたのだろうか。

「美紗、なんかあった？」

「え？」

「今日はなんか変だよ。連絡をくれたのは嬉しいけど突然だったたし、自分から誘ってきたくせに、今みたいに急に考え込むことが多いしさ」

　奈菜の指先がアイスクリームのスプーンに触れるのを見つめながら、美紗は小さく呟《つぶや》いた。

「……ごめん」

「あーもう！　なんか暗いなぁ。ほら、溶けちゃうから早く食べよう！」

「……うん」

　確かに奈菜の言う通りで、アイスクリームは溶け始めて、トッピングが雪崩れてきている。

「ん！　おいしー！」

　一足先にスプーンを口に運んだ奈菜が、美紗を元気づけようと明るい声で言った。

「ほら、美紗も食べてごらんよ」

「うん」

　頷いてプラスティックのスプーンを口に運ぶ。すぐにひんやりとした甘さが広がって、美紗の咽を滑り落ちていく。

「……おいしい」

「でしょ。やっぱ落ち込んでるときは美味しいものだよ！」

「そうだね」

　奈菜の笑顔につられて、美紗もいつの間にか笑顔になっていた。

特に話すこともなく、黙々とアイスクリームを口に運んでいたけれど、口の中に広がった甘さに少しだけ頑なに閉ざされていた心が緩む。

もしかしたら、誰かに話を聞いて欲しくて奈菜を誘ったのかもしれない。ふとそんなことを考えたら、自然と言葉が口をついて出た。

「……私さ、失恋しちゃったんだよね」

美紗の呟きに奈菜はなにも言わない。

「その人SNSで知り合った人だったから、デリップとかやってるとその人のこと思い出しちゃって。だからデリップやめようとか考えちゃったんだよね」

「……そっか」

奈菜は問い詰めるようなことは口にせずただ頷いてくれた。

「すご一く料理が上手な人で、でも全然優しくなくて、すっごく口の悪い人なの。それに人使い荒いし、なんていうの？　俺様系？」

「でも好きだったんだ」

「……うん」

「まあ今は辛いかもしれないけど、きっとまた好きになれる人が現れるよ」

「……」

奈菜はそう言ってくれたけれど、忘れようとしても頭の中は本橋のことでいっぱいなのに、そんな日が来るのだろうか。

人を好きになるとこんなに苦しくなるのだと初めて知った。そうと知っていたなら、本橋のことを好きになりたくなどなかったのに。

「私も今彼氏いないしさ、しばらくは美紗に付き合ってあげるから！」

「それって、彼氏ができたら私の相手はできないってこと？」

「当たり前でしょ！　先に言っておくけど、私は女友達より彼氏を取るからね！」

「なによそれ！」

二人で顔を見合わせて噴き出す。ひとしきり笑ったら、重かった心が少しだけ軽くなった気がした。

「うん！　なんか元気出た！」

「そう？」

「奈菜、ありがとね」

「あのさ、美紗さえその気になれば、男なんていーっぱいいるんだからね？　そうだ！　うちの部の先輩とか紹介する！　ほら、飲み会しようって言ってたのに、それで終わってたじゃん」

「あ……」

そういえばしばらく前にそんな話が出ていたのを思い出す。あのときは本橋と接点が欲しかったからいいと思ったけれど、今はそんな気分になれない。

でも奈菜のセッティングする飲み会を断ったとしても、これからも会社にいれば本橋の名前を聞いたり、姿を見ることになるだろう。その時自分はどう感じるのだろうか。

「うーん。同じ会社の人はちょっと……もし別れたときとか、会社で顔を合わせたら気まずいじゃん」

「えーうちの部署、いい人いるよ？　実はさ、美紗のこと気に入ってる先輩もいるんだ！　せっかくだから会うだけでも」

奈菜はそこまで言いかけて言葉を失った。

「奈菜？」

なぜか目を丸くして美紗の後ろの方を見つめている。何事かとそちらに視線を向けようとしたときだった。

「おまえ、俺との約束すっぽかして何やってるんだよ」

聞き覚えのある声に心臓がギュッと鷲づかみにされる。忘れようと思っているのに、声を聞いただけで頭の中も胸の中も彼のことでいっぱいになってしまう。

美紗は改めて自分の気持ちの大きさを感じながら、ゆっくりと振り返った。

「……どうして、ここにいるの？」

まさか奈菜が呼んだのだろうかと視線を向けるけれど、目が合った瞬間ふるふると首を横に振ったから関係ないらしい。

でもこんなにタイミング良く本橋が現れるなんておかしい。美紗が訝《いぶか》しげな視線を向けたときだった。

「あ！」

本橋が掲げたスマホの画面を見て、美紗は声をあげた。

そこにはアリスのアカウントが映し出されていて、さっきアップしたアイスクリームの写真が映し出されていた。

「ＳＮＳって便利だよな〜おまえの行き先なんてすぐわかる」

「なんで？　だってケイのアカウントはもうブロックしたのに。見られないはずじゃ」

「おまえバカ？　おまえの投稿は誰でも見られるオープン記事だろ。別のアカウントとって検索かければ一発でわかるっつーの」

「……」

「俺が教えたとおりちゃんとタグ付けして、どこでなにをしてるのかもバッチリ」

つまり美紗がタグを付けて投稿した写真を見て、居場所に見当をつけてここまでやってきたと言うことだ。

「……で？　約束を破ったことに対してのいいわけは？　今日は練習の成果を見せる約束だっただろ」

「この前もう関わらないって言ったじゃないですか。れ、連絡もしない約束だし、だったらその約束だって無効でしょ」

「それはおまえが一方的に決めたことで、俺は納得してない。勝手にメールもＳＮＳもブロックして、ガキの喧嘩《けんか》じゃないんだから、ちゃんと話させろよ」

確かに、悔しいけれど本橋の言うことは正論だ。だからといって、ここまで拗《こじ》れているのだから今さら話し合いの場など設けてなんになるというのだろう。

「……もうケイの彼女のふりをするのがイヤになったの！」

「だから、理由は？」

「理由なんてない。もともとケイのことなんて好きじゃなかったし、毎週末料理ばっかりしてるの飽きちゃったし」

またこの前と同じ言葉を繰り返しながら、本橋の顔を見ていられなくなって俯《うつむ》いた。

「ふーん」

頭の上で聞こえた気のない返事に、本橋が諦めて早くこの場から立ち去ってくれるのではないかと期待したときだった。本橋が信じられない言葉を口にした。

「ていうか、おまえ好きでもない男とエッチできる女なわけ？」

「はぁ⁉」

美紗が弾かれたように顔をあげると、そこには自信たっぷりの顔で美紗を見下ろす本橋がいた。

「な、なに言って……！」

思わず腰を浮かしかけた美紗のそばで、もうひとつの声があがる。

「ええーっ⁉」

声の主はすっかり存在を忘れられていた奈菜で、信じられない顔で美紗と本橋の顔を交互に見比べていた。

「え？　え？　そ、そうなの？　そういうことなの？」

「な、奈菜……これはね、色々あって……」

奈菜には失恋の相手が本橋だとまでは話していなかったし、まさか自分の部署の先輩だとは思いもしなかっただろう。

まだ目の前でおきたことが信じられないのか、何度も瞬きを繰り返す。

「待って待って！　美紗が失恋した相手って本橋さんなの？」

「……」

美紗が返事をできずにいると、今度はその視線を本橋へ向けた。

「でも、本橋さんは美紗のことが」

「わぁっ!!　待った！　笹野さんストップ！　俺がちゃんと話すから」

本橋の剣幕に、奈菜は慌てて両手で口を押さえると返事の代わりに小刻みに頷いた。

二人のやりとりの意味が理解できない美紗は、二人の間にもなにかあるのだと勘ぐってしまう。美紗には話せないことがあるらしい。

「今のなに!?　まさか奈菜にまで手を出してたんですか!?」

自分の口から出た言葉なのに、その鋭さに美紗自身ドキリとしてしまう。

これ以上本橋のことは考えないと決めたのに、これでは嫉妬をして問い詰めているみたいだ。

「バカ！　そんなわけないだろうが！　少しは俺を信用しろよ」

「だって！」

「いいから少しは俺の話を聞け！」

珍しく大きな声で怒鳴られて、美紗は小さく肩を竦めた。

そういえば今まで口は悪いし、きついことを言われていたけれど、こんなふうに声を荒らげられたのは初めてかもしれない。

最後ぐらいちゃんと話をして終わろう。美紗は口を噤《つぐ》んで上目遣いで本橋を見た。

「いいか。おまえとデリップで繋がってたのと紅林さんの店で会ったのはホントに偶然。で、まあ、ラッキーだと思って、それを利用した」

（ラッキーってなにに対して？）

「おまえ、俺が思っていた以上にお人好しで騙《だま》されやすかったし、男に免疫ないし、俺のペースに巻き込んじゃえばいいと思ってさ」

「……つまり、私を騙して面白がってたってことですよね」

せっかく話を聞く気になったのに、結局はそういうことなのだと知りがっかりしてしまう。落胆で美紗の目に涙が浮かんだときだった。

ずっと静かに話を聞いていた奈菜が、これ以上は黙っていられないとばかりに口を開いた。

「美紗！　それ違うから！　本橋さんも説明下手すぎ！　それでも法人営業部のエースで

すか！　もっと素直になってくださいよ。いい？　本橋さんは前から美紗のことを気に入ってて、私に紹介して欲しいって言ってたの！」

「……は？」

とても衝撃的なことを聞かされた気がするけれど、にわかには信じられない内容で美紗は瞬きを繰り返し奈菜の顔を見つめることしかできない。

「でもさ、私は美紗が男とまともに付き合ったことないの知ってたし、慎重にした方がいいってアドバイスしてたのよ。ほら、同期の飲み会があったときも、男の子たちにグイグイ来られて引いちゃってたし。それに前に言ったの憶えてない？　うちの部署の先輩と飲み会をしようって話」

そういえば、さっきも少しその話が出ていた気がする。つまり奈菜が紹介しようとしていたのは、本橋だったということだろうか？

「美紗、わかった？　口出しするなって言われたけど、あんたなにか誤解してるみたいだし」

呆然とする美紗を心配して、奈菜が顔を覗き込んできたけれど考えがまとまらない。

「美紗？」

「……」

もしこの話が本当なら、本橋は最初から美紗のことが好きで、そのつもりで美紗に接してきたと言うことになる。だとしたら最初から教えてくれればこんな気持ちにならずにすんだのに。

　こんな時は泣けばいいのか、それとも怒ればいいのかわからない。睨《にら》みつけることもできなくて、ただボンヤリと本橋の顔を見つめた。

　すると美紗の途方にくれた顔を見た本橋の唇に、苦笑いが浮かんだ。

「こりゃダメだな」

　そう言って奈菜を振り返る。

「笹野さん、こいつ固まっちゃってるし、連れて帰ってもいいかな？　この埋め合わせはするからさ」

「どうぞどうぞ。二人でちゃんと話し合ってくださいね。あ、美紗のこと泣かせたら私が許しませんからね！」

　二人はなんのことを話しているのだろう。そう思っている間に、本橋に腕を摑まれた。

「サンキュ。行くぞ、美紗」

「え？」

　引っぱられるように歩き出し、やっと我に返る。

「待って！　待ってってば！」

　どこに連れて行かれるのかわからないまま、美紗はその場から連れ去られてしまった。

7　スパイシーナイト

「……車、運転するんですね」

あの場から連れ出されて、初めて美紗が発した言葉はそれだった。

本橋は近くの路上パーキングに車を止めていて、その車の助手席に美紗を押し込んでしまった。

今まで会社帰りとお互いの家でしか会ったことがなかったが、その時の移動は電車だったから、本橋がハンドルを握る姿は新鮮で、思わず口を開いてしまったのだ。

「ああ。買い物とか便利だし。それに今日はおまえのタグ追い掛けてたから車で移動した方が早いかと思って」

「……なんか、ストーカーみたい」

「まあな」

嫌味で言ったつもりなのに悪びれる様子もない本橋に、拗《す》ねているのがバカらしくなった。

「で、どこ行くんですか？」

「どこって、うちだけど」

「えっ⁉」

　てっきりどこか店に入って話すのかと思っていた美紗は、驚きの声をあげてしまった。

「なんだよ。今さら初めてくるわけでもないだし、いいだろ。元々今日は俺んちの約束だったし」

　また本橋のペースに巻きこまれている気がする。美紗は主導権を握られないように、また口を噤《つぐ》んだ。

　本橋の部屋は相変わらず男性のひとり暮らしとは思えないほど片付いていた。

　そしていつものようにリビングに通され、ダイニングテーブルに並んでいたものを見て、美紗は思わず声を漏らした。

「これ……」

　テーブルの上には色とりどりの料理が並べられている。本橋がひとりで食べる量にしては多すぎるし、テーブルのセッティングも二人分だ。

　わけがわからず立ち止まる美紗を横目に、本橋はキッチンに入っていく。

「取りあえず座ってろよ」

　そう勧められて、椅子に座るしかなかった。

「お皿のラップ外しておいて」

　どうやら本橋は汁物を温めているようで、食器の触れあう音がする。美紗は言われるがまま手を伸ばしたけれど、どうしてこんなことになっているのかよくわからなかった。

こんな時なのに、本橋の料理は相変わらず美味しそうだ。

パプリカのマリネにキャロットラペ、ヤングコーンとアスパラのソテーに、空豆の和え物には糸唐辛子が載っているからペペロンチーノ風だろうか。メインは美紗が大好きな鶏のつくねに大葉が巻かれている。

「うわ……」

思わずゴクリとつばを飲んでしまうケイの手料理だ。

「おまたせ」

本橋がトレーに乗せて運んできたのはトウモロコシご飯になすとミョウガの味噌汁《みそしる》で、これ以上ないというぐらいいい香りを立ち上らせていて、奈菜と食べ歩きをして満腹のはずの美紗の胃袋を刺激する。

「食べろよ。おまえのために作ったんだから」

「……え」

「前におまえが食べたいとか美味しそうってコメントつけてくれたヤツ、作ったからさ」

「……ホントに？」

言われてみればどれもケイのアカウントにアップされていた料理ばかりで、どんな味がするのだろうと想像した記憶がある。

「どうして私なんかのために……」

勝手に誤解をしてヒステリーを起こし、一方的にひどい言葉を投げつけた上に連絡を絶ったのだ。あのとき本橋だって美紗に愛想を尽かしたと思っていたのに、それでも美紗が来ると信じていたのだろうか。

もしさっきの奈菜の話が本当で、美紗のことを想っていてくれたのだとしたらとてもひどいことをしてしまったことになる。そんな自分に本橋の料理を食べる資格などない。

「ごめんなさい。私……この料理いただけないです」

美紗は素早く椅子から立ちあがると、本橋に向かって深々と頭を下げた。

「なんだよ、急に」

当惑したような本橋の声に、美紗は顔を上げてその目を見つめた。

真っ直ぐに見つめ返されて、改めてもうしわけなさで胸がいっぱいになる。

「だって……私、ケイにすごくひどいこと言ったし……だから」

「あーもー面倒くさいヤツ！」

本橋は美紗の言葉を遮ると、乱暴に椅子から立ちあがり、テーブルを回り込んで美紗のそばにやってきた。

「おまえ、真面目なんだか空気読めないんだかわかんないわ」

苛立ったような口調に、美紗はやはり本橋は自分に腹を立てているのだと感じた。

「……ごめんなさい」

どうしてこんなことになってしまったのだろう。ちゃんと本橋と向き合えていたら、二人の結末は変わっていたかもしれないけれど、苛立った今の彼と一緒にいるのは辛い。

「本当にごめんなさい。嫌な気持ちにさせちゃうから、帰ります」

「だからどうしてそうなるんだよ」

身を翻そうとした美紗の腕を、本橋が強引に引き戻す。

「だってケイ怒ってるし、その原因の私がいなくなった方がいいじゃないですか」

「そうじゃない。別におまえのことを怒ってるわけじゃないし」

「でも」

そこまで言いかけた美紗の唇に本橋の指が乱暴に押しつけられる。

「いいから最後まで聞けって。俺は、ちゃんとおまえに気持ちを伝えられない自分に苛立ってるんだ。おまえが落ち着いてからちゃんと話そうと思ったけど、もう先にはっきりさせよう」

「え？」

今さらなにをはっきりさせるというのだろう。美紗が問いかけるように首を傾げた時だった。

「美紗。好きだ」

はっきりと聞こえた声に、その場の時間の流れが止まる。キーンと耳鳴りのような音がして、驚きすぎて一瞬息が止まった気がした。

「……それは、じょ、冗談とかでは、なく……？」

「ああ。つうか、さっきの笹野さんの話聞いてたのにまだ信じてないのか？」

やっと話を理解し始めた美紗に、本橋は自信たっぷりの笑顔を向けた。

「い、いつから……？」

そもそも入社二年目の美紗は、部署の違う本橋と接点などほとんどない。毎日顔を合わせている奈菜の方が本橋と近いはずだ。

「そうだな。気になりだしたのは去年。おまえが新入社員研修が終わって、コールセンターの配属になった頃かな」

「い、一年以上前じゃないですか」

そんな前から美紗のことを気にしていてくれたのだろうか。

「俺たち……って言っても一部の社員の間だけだけど、研修が終わってすぐに辞めそうなヤツを予想してたんだ。最近は気に入らないことがあると次の日から来ないとか普通にあるだろ？　そうなると仕事にも差し支えるし、みんなでチェック入れてたんだけど」

「……」

「で、新人で女の子でコールセンターに配属なんて、絶対にすぐ辞めるって思ってたんだ。だってそうだろ。大学出たての女の子が気の強い派遣さんと上司とクレーム混じりのお客の相手なんて辛いし、私はこんなことをするために大学に行ったんじゃないとかなんとか言い出すのが定番コースだ」

言われてみれば、コールセンターに配属された最初の三ヶ月は、電話に出るのが恐くてたまらなかった。

もちろん普通のお客様からの入電の方が多いが、チームのリーダーとなるとクレームの最後の砦《とりで》として、派遣さんから回される電話を一手に引き受けなければいけない。

まだまだ業務を憶えるのも必死なのに、人のクレームの面倒まで見ていられないというのが本音だった。

「で、辞めないな～辞めないな～って見てたんだけどさ」

「ひどいです！　あの頃必死だったのに」

「うん。知ってる。で、あるときたまたま営業から戻ってコールセンターに用事があって寄ったんだ。そしたらチームのみんなが帰ってガラガラになったデスクの一角で、おまえだけひとりでお客様の電話を受けてるのを見てさ。もう受付時間終わってるし、他の社員も帰ってるのにひとりでずーっとお客様と話してた」

「ああ」

確かにあれはすごく長い入電で、かなり遅くまでお付き合いしたからよく憶えている。

受付時間ギリギリに入電があって、話の要領を得ないため、美紗が途中で代わることになったのだ。そうこうしているうちに営業時間が終了してしまった。

システム上時間が過ぎてしまった電話は入電しないけれど、その前にかかってきた電話は回線を切るまではいつまでもつながっているのだ。

年輩の女性のお客様で、保険契約のお問い合わせだったのだが、気づくと身内のことや自分のひとり暮らしのことに話が脱線していく。

寂しくて話し相手が欲しいのだと感じて、美紗は女性の話に付き合ったのだ。

「コールセンターでのお客様との通話は録音されてるだろ？　俺たちもパソコンから確認することができるんだけど、それ聞いたら、普通のオペレーターさんならさっさと切り上げちまうような話も最後まで聞いてやってた」

まだ新人だったからうまい話の切り上げ方がわからなかっただけだ。それに、まさかあれを本橋に見られていたとは思わなかった。

「あんなの……普通ですよ」

コールセンターで働いていたら、変わったお客さんの相手も自然と多くなる。他の先輩だって派遣さんたちだってやっていることだ。

「そうかもしれないけど、あのときだってお客さんは最終的に契約してくれただろ？　おまえがちゃんと相手をしたからだよ。俺はおまえのそういうところを見て、いい子だなって思ったんだ。で、笹野さんと同期だって聞いて、紹介して欲しいって頼んだ」

「……」

本橋の言葉は素直に嬉《うれ》しくて、頑なになっていた美紗の心に少しずつ染みこんでいく。

最初は他の女性からの誘いを断るためのカモフラージュに役に立つからかまわれているのだと思っていたのに、本当にそんなに前から自分のことを見ていてくれたのだろうか。

「……もっと早く言ってくれれば良かったのに。私、ずっと利用されてるって思ってたんですよ」

「うん。もっと早くに言えば良かったんだけど、おまえケイにしか興味ないみたいだったし、それを利用した方が楽かなって、ずるいこと考えてた。ごめん」

「じゃあ、私に最初にした……キスは？　ちょ、調教とか言ったじゃないですか！」

自分で口にした言葉で赤くなる美紗を見て、さっきまで神妙な面持ちだった本橋が口の端を歪《ゆが》めた。

「あれは文字通り調教だろ。おまえの気持ちを俺に向けさせるための調教」

「な！」

真っ赤になって口をパクパクさせる美紗に、いつものペースが戻って来た本橋は不遜な笑みを浮かべた。

「もういい加減におまえの気持ち聞かせろよ。俺のこと嫌い？　それとも、好き？」

いきなり二択を突きつけられても困る。美紗が目を泳がせて誤魔化していると、本橋は美紗をむりやり抱き寄せて、そのまま椅子に腰を下ろしてしまった。

「ちょっと！」

「とりあえず食べようぜ。ほら」

箸を取り上げ空豆の和え物をひとつ摘まむと美紗の口に運んだ。

「あーんして」

「え？　で、でも……んぅ」

半ば押し込むように唇の隙間に空豆が入ってきて、美紗は仕方なくモグモグと口を動かす。

「ん！」

予想通りペペロンチーノでガーリックの香ばしさがパッと口の中に広がった。

「どう？」

「……美味しいです」

こんな時に悔しいけれど、やはり本橋の料理は美味しいのだ。

「ほらこっちも」

今度は鶏のつくねを切り分けて、一口サイズにしてから運んでくれる。今度は美紗も素直に口を開けた。

「ん。これも美味しい」

モグモグと咀嚼《そしゃく》している様子をじっと見つめられて恥ずかしくなる。

「……そんなに見られると食べにくいです」

「いや、食べてる顔もかわいい……っていうか、エロいな」

「ッ‼」

真顔でそんなことを言われて赤くならずにはいられない。心臓だってドキドキを通り越して、バクバクと鳴り響き、こんなに近くにいたらきっと本橋にも聞こえてしまうだろう。

（待って。なんで急に……デレてるの？　ケイってそういうキャラじゃないのに）

いつもバカだのなんだのと貶《けな》されることに慣れているから、こんなふうに甘い空気になってもどうしていいのかわからない。

俯《うつむ》いた美紗の頰に、本橋が軽く唇を寄せた。

「どう？　俺のものになればいつでも美味しいもの食べられるけど」

「なんか……それって餌付けみたい」

チラリと上目遣いで見上げると、今度は唇が鼻をかすめる。

「いいよ、餌付けでもなんでも。美紗が俺のものになってくれるなら」

「そ、そんなこと……」

そんなことをしてもらわなくても、自分はもうとっくに本橋のことを好きになってしまっている。今だって、頰や鼻先なんかじゃなく、唇にキスをして欲しいと思っているのだ。

でも今さらそれを口にすることができなくて、美紗は少しだけ頰を膨らませた。

「そんな条件つけて付き合ったら、あとで後悔するのケイですよ？　私が食いしん坊だって知ってるでしょ」

「ああ、知ってる」

「もうケイが作ったお料理片っ端から食べまくって、デリップにアップできなくなるかも」

「いいよ、それで。これからは美紗のためにしか作らないから」

じっと瞳の中を覗《のぞ》き込まれて、もうこれ以上は耐えられなくなり、美紗は自分から本橋の首にしがみついた。

「もう……ズルイ」

どうしてそんなに嬉しくなる言葉ばかり囁《ささや》くのだろう。

「……美紗、好きだ」

絞り出すような声に、美紗は小さく身体を震わせた。

「……どうして急に……そんなに優しくなるんですか」

「意地悪な方がよかった？　だったら今からでもそうするけど」

そう言いながら髪を撫《な》でる手つきは優しい。

「……そんなわけないじゃないですか……」

でもこんなに甘い言葉や仕草ばかりでは心臓が持ちそうにない。美紗が呟《つぶや》くと、本橋が小さく笑った。

「美紗。キスしたいんだけど」

耳に唇を近づけて囁かれる。熱い息が髪を揺らして、美紗はしがみつく力を強くした。

「や」

「なんで？」

「今、顔赤いし……」

「今さらなに言ってんだよ。それにもう耳まで真っ赤だ」

チュッと音を立てて耳朶《じだ》にキスをされ、美紗は驚いて本橋から身体を離す。そのタイミングを待っていたかのように、顔と同じように赤くなった唇に本橋のそれが押しつけられた。

「んんっ」

噛《か》みつくように唇を奪われる。逃げだそうにも膝の上に抱かれているせいで、できることと言えば身体を揺らすことぐらいだ。

舌先でペロリと唇を舐《な》められ口を開くと、素早く熱い舌が滑り込んでくる。舌先で腔内を撫でられただけで、舌の付け根の方から唾液が染み出してきてしまう。

ねっとりと舌を絡めるような淫らなキスはまだ恥ずかしくてたまらないのに、自分から舌を伸ばして擦りつけてしまった。

「んぅ……は……っ……」

口の端まで滴ってきた唾液を舐めとられて、その刺激にも身体が震えてしまう。

「ん……」

力の入らなくなった身体を広い胸にもたせかけると、閉じていた瞼《まぶた》にも優しく唇が押し付けられた。

「美紗、まだ食べたい？」

「……え？」

質問の意味がわからず、キスの刺激で火照った身体をもてあましながら目を開けた。

「食事。せっかく美紗のために作ったけど、まだ食べる？」

「あ」

テーブルの上の料理を見て、美紗は小さく首を横に振った。

せっかくの料理なのだから全部食べたいのだが、今は胸がいっぱいで食べられそうにない。

「あの、冷蔵庫に入れておいて、あとで食べてもいい？　なんだか胸がいっぱいで」

味噌汁やご飯は温め直せるし、他のものは冷たくなっても食べられるものばかりだ。片付けをしようと膝の上から滑り降りると、すぐに後ろから抱きしめられてしまった。

「こら、どこに行くんだよ」

ギュッと身体を押しつけられて、美紗は首だけで本橋を見上げた。

「え？　これを冷蔵庫に」

「あとでいい」

「でも……え」

立ったままグッと腰を押しつけられて、美紗はお尻の辺りに感じる硬いものに目を見開いた。

「わかる？」

後ろから首筋に顔を埋められ、お腹の辺りに回されていた手が、優しく身体のラインを撫で上げる。

「……んっ」

ビクンと肩を揺らすと、さらに身体を密着させられてしまい、身動きができなくなった。

「これ、憶えてる？　初めての夜、美紗の中に」

卑猥《ひわい》なことを囁かれそうな雰囲気に、美紗は慌てて頷《うなず》いた。

「わ、わかってるから言わないで！」

「この前はおまえの兄貴の邪魔が入ったから、とりあえず続きがしたいんだけど」

身体を弄っていた手が太股に添えられ、内股を撫で上げられる。

「や、ん！　だ、だめ……っ」

今にもスカートを捲《めく》り上げられそうな勢いに、美紗は本橋の腕の中でもがく。

「こ、こんなところじゃ……」

慌てて周りを見回すと、ほんの数歩のところにソファーがあるし、その隣の部屋は見たことはないけれど寝室のはずだった。

「や、やだ……は、恥ずかしいし……っ」

「じゃあどこならいいの？」

首筋に鼻面を擦りつけられてくすぐったい。

「え……べ、ベッドとか……」

経験が少ない美紗でもそれがスタンダードだということぐらいわかる。きっと美紗が慌てるのを見て楽しんでいるのだろう。

すると、本橋はあっさりととんでもないことを口にした。

「わかった。じゃあ二回目はそっちで。とりあえず今は我慢できないから」

「えっ」

ドキリとした次の瞬間にはスカートが捲り上げられてしまい、寒いわけでもないのに肌が空気にさらされた刺激に下肢がぶるりと震えた。

背後からのしかかるようにダイニングテーブルに押しつけられ、慌てて身体を支えるために両手をつく。

「ま、待って……！」

「待てない。もう十分待ったし」

身体を弄っていた手で両胸を掴《つか》みあげられる。初めての夜のように優しく触れられるというより、少し乱暴な仕草に美紗の唇から悲鳴が漏れた。

「きゃ、ンッ！」

身体はすでにキスで熱くなっていて、服の下で立ちあがっていた胸の頂が下着と擦れ合う。

本橋は片手で器用に胸を揉《も》みながら美紗の身体と自身の身体を密着させてくる。そしてもう一方の手で腹部を撫で下ろし、スカートを捲り上げられ露わになった下着へと伸ばした。

「やぁ……っ」

体重を支えるために少し開かれていた足の間に指を滑り込まされ、下着の上から花弁の重なりを上下に撫でさすられる。

「んっ、んんっ」

ビクンビクンと肩口を揺らすと、本橋の指の力がほんの少し強くなる。

「ここ。弄られるの好きだろ？」

指先で感じやすい粒の辺りを探られているのを感じて、美紗はふるふると首を横に振った。

「どうして？　もう俺の指が湿ってきてるけど」

その言葉に、自分でも身体の中からじんわりと蜜がにじみ出すのを感じた。しかも立っているときの方が下肢が無防備で、簡単に触れることを許してしまっている。このままでは本橋の指を蜜で濡《ぬ》らしてしまいそうだ。

「あとでベッドでするときはたっぷり舐めてやるから、今はこれで我慢して」

本橋の手がするりと下着の中に入り込み、隠れていた茂みを撫でる。指先でしばらく恥毛を弄んだあと、ぬかるみはじめた花弁へと滑らせた。

「あ……っ」

ぬるりと指先が滑り、花弁の中に沈む。重なり合ったその場所を指でめくりあげられ、すぐに蜜口に指を押し込まれてしまった。

「もうこんなに濡れてるし。いやらしいヤツ」

「やぁっ、言わない、で……」

自分でもこんなに簡単に身体を開いてしまうことが恥ずかしくてたまらない。

本橋の長い指が自分のなかを出入りするのが、気持ちよくてたまらないなんて絶対に知られたくないのに。

「あ……んっ、あっ、ああっ」

「ほら、もう一本」

新たな指がグッと押し込まれ、強い圧迫感に美紗は華奢《きゃしゃ》な背中を大きくしならせた。

仰け反らせた首筋や耳朶に唇が触れたかと思うと、甘噛みされる。

「ああン！」

ぐちゅぐちゅと卑猥な水音が響いて耳を塞いでしまいたいのに、身体を支えているためにそれもできない。

美紗が動けないのをいいことに、胸を愛撫《あいぶ》していた手がシャツの中に潜りこみ、ブラを押し上げた。

「ここもこんなに尖《とが》らせて、触って欲しかった？」

嚙まれた耳朶や耳孔にも舌が押し込まれて、ぬめる舌の刺激に、少しずつ抵抗する気持ちが萎えてしまう。

「やぁ……舐めちゃ……ンッ！」

尖った乳首を指の腹でくりくりと捏《こ》ねられ、蜜壺《みつつぼ》を太い指が出入りする。

「あっ、やっ、ああっ」

身体の熱が少しずつ大きくなり、憶えのある昂《たか》ぶりで身体の中がいっぱいになっていく。腰がガクガクと震え、蕩《とろ》けた蜜壁が本橋の指を強く締めつけた。

「あ、あ、あああっ！」

ビクンビクンと背を震わせながら上り詰めた美紗は、すがりつくようにダイニングテーブルに倒れ込んだ。

足がまるでスポンジの上に立っているかのようにグニャグニャとして、辛うじて立っている感じだ。

「もうイッたのか？　カワイイやつ」

自分でも一番恥ずかしくてたまらないことを口にされ、今すぐテーブルの下でもいいから逃げ込んでしまいたかった。

覆い被さるように頬にキスをされたけれど、それを拒むこともできない。早くこんな不安定な場所から移動したいのに身体が言うことをきかないのだ。

「はぁっ……はぁ……っ」

美紗がぐったりとテーブルにもたれかかり、荒い呼吸を繰り返していると身体がさらにテーブルに押しつけられて、足を大きく開かされる。

「……あ……」

達したばかりの蜜壺はトロトロと蜜を垂れ流していて、その場所にずっと背後に感じていた硬いものが擦りつけられた。

「……や」

なにをされるのか気づいた美紗が小さく頭を振るけれど、それは本橋には届かない。

「ごめん。俺も限界。あとでまたちゃんとしてやるから、挿れさせて」

美紗の返事も待たず、足の間に熱い雄芯が擦り付けられる。丸みのある雄の尖端《せんたん》が赤く充血した粒を時折かすめていく刺激に、もう動けないと思っていた身体が揺れてしまう。

「あっ……ん……ぁっ」

ヌルヌルと擦られているだけで、もう一度達してしまいそうな刺激だ。それでも理性の欠片はまだこの場から逃げることを望んでいて、美紗は無意識に雄芯から離れようと前へと手を伸ばす。

しかし逆に本橋に向かって腰を突き出す格好になり、雄の象徴が易々《やすやす》と花弁の中心に突き立てられてしまった。

「ひぁ……っ！」

初めて後ろから挿入され、感じたことのない強い刺激に美紗は大きく背中を仰け反らせた。

「やぁ……これ……は……んっ……ぅ」

苦しさに上手く呼吸ができずに、まるで魚のように口をパクパクとさせてしまう。

さらにグッと最奥まで楔《くさび》を埋め込まれて、美紗はダイニングテーブルにしがみついた。

「ごめん。痛かったか？」

声音は気遣うようだが、美紗のなかは本橋の熱でいっぱいにされ、無意識なのか腰が小刻みに揺れている。許可さえもらえればいますぐにでも欲望のまま美紗の身体を貪ろうと待機しているみたいだ。

「やぁ……おねが、い……抜いて……ぇ……」

「無理。おまえのなかすごく気持ちよくて……我慢できないし。動いていい？」

返事を促すように腰を押し回され、まだ狭い隘路《あいろ》を乱暴に広げられる。

「ダメ、それ……グリグリしたら……ああ……っ」

恐いけれどそれにまさる愉悦が湧き上がってきて、頭がついていかない。もっと我を忘れるぐらい感じてみたい自分と、それを拒む自分がいる。

その証拠に身体は悦んでいて、最奥をゴリゴリと刺激されそのお礼とばかりに本橋の雄をキュウキュウと締めつけてしまうのだ。

「……っはぁ」

頭上で本橋が苦しげな吐息を漏らす。

「美紗……ごめん。ちょっと、我慢できそうにない」

なにが？　そう問いかける間もなく、乱暴に雄芯が美紗の中から引きずり出される。背筋をゾッとするような快感が駆け抜けたかと思うと、再び押し戻される刺激で目の前に火花が散った。

「あぁ、あっ！」

せわしなく肉棒を抽挿され、まだ快感になれていない身体は本橋の欲望を受け止めるのが精一杯で、苦しさに涙が滲《にじ》んでくる。

「ダメ……っ、あ、ああっ……そんな……突いちゃ……ああっ」

「悪い。少しだけ我慢して」

律動はさらに激しくなり、美紗の華奢な身体に揺さぶりをかける。

堪えきれずに上半身を起こすように背を反らすと、背後から回された手に胸をすくい上げられ、手のひらで包みこむようにして揉みしだかれた。

「あっ……や、やぁあっ」

大きな手がシャツの中で泳ぐように動き回り、ぷっくりと膨らんだ乳首を指で挟み込む。指の間を使って撫でさすられ、その快感は下肢へと伝わっていく。

口ではやめて欲しいと言っても、美紗の胎内は本橋を受け入れるために止めどなく蜜を溢《あふ》れさせ、律動のたびにぐちゅぐちゅと淫らな音を響かせた。

「ああ……美紗、すごい」

溜息《ためいき》のように囁かれる声は、少し掠《かす》れている。

「は……っ、やっ、もぉ……だめぇ……っ」

揺さぶられるたびに身体の中に熱がこもって、美紗の中で暴れ回る。自分でもわかってしまうほど蜜洞がうねり、本橋の欲望を締めつけていく。

「はぁっ……気持ちよすぎて、すぐ……イキそう」

いつもクールな本橋の余裕のない言葉こそが本音に聞こえて、胸がキュンとする。美紗の濡れ襞《ひだ》もその言葉に反応して、なにかを搾り取るように肉塊をぎゅうぎゅうと締めつけた。

「ば、か……力抜けって」

そう言いながらも本橋は腰を振りたくる。それに不自然な本橋の声と荒い息遣いに、彼の限界が近いことを感じた。

「美紗」

名前を呼ばれて、さらに奥を求めるようにグリグリと腰を押しつけられる。強い刺激にたまっていた熱が弾けて、全身に飛び火していく。

「ふ……ぁあっ！」

腰がはね上がるようにビクビクと痙攣《けいれん》して、足はひとりで立っていられないほどガクガクとふるえてしまう。

「ああ、もう……限界」

掠れた声で囁かれ、敏感になった乳首をギュウッと摘まみ上げられる。

「ひぁあっ！」

目の前が真っ白になり、なにも考えられなくなる。

ただダイニングテーブルに突っ伏したまま荒い呼吸を繰り返し、快感の波が去るのを待つしかなかった。

「……大丈夫か？」

美紗の中から本橋の熱が引き抜かれたのを感じて、安堵《あんど》からそのまま床へと頽れてしまった。

「はぁ……はぁ……っ」

「ごめん。焦りすぎた。ちょっと待ってて」

本橋はそう言い残すとどこかへ行ってしまう。すぐに水音が聞こえてきたから、彼がバスタブにお湯を溜めに行ったのだと気づく。

美紗が目を閉じてテーブルの足に寄りかかっていると、なぜか服を脱ぎ捨てた本橋が戻ってきた。

「風呂、入るだろ？」

「……」

いつもの美紗なら全裸の本橋を見たら目のやり場に困っただろう。でも今は思考に霞《かすみ》がかかってなにも考えられない。ボンヤリと本橋を見上げていたら、力強い腕に抱き上げられていた。

「え⁉　あ、あの、ひとりで歩ける、から」

いくらぐったりしているからと言っても、さすがにお姫様抱っこは恥ずかしい。

「いいよ。無理しなくて。それにどうせ風呂に入るんだし」

「……それって、一緒に……」

そう考えているうちにバスルームに運ばれていて、美紗は辛うじて巻きついていたシャツやスカートを脱がされてしまった。

「ヤダ！　ひ、ひとりで入れるし」

「大人しくしてろって。さっきはせわしなかったし、今度はたっぷり可愛がってやるから」

言葉の意味を考える隙もないまま、本橋は美紗を抱き上げ自分の足の間に座らせてしまった。

「な、なにを……」

「バスタブに入る前に、身体を綺麗《きれい》にしないと」

その通りだが、この態勢はおかしい。そう思っている間にも本橋はディスペンサーからボディーソープを手に取ると、美紗の身体に塗りつけはじめた。

「ひゃっン！」

少し冷たくてヌルリとしたなんとも言えない刺激におかしな声をあげてしまう。すでに二度も達してしまった身体は刺激に敏感で、ほんの少しの動きでも身体に疼《うず》きが広がっていく。

「じ、自分で洗えるから！」

「いいから俺にやらせて」

「じゃあせめてスポンジを」

わざわざ手で洗う必要なんてない。そう思って伸ばした手は本橋の腕に押さえ付けられ

てしまう。

「大人しくしてろって。初めての時に言っただろ。俺は何時間でもおまえを可愛がってやりたいと思ってるし、美紗がとろっとろに蕩けて、俺なしじゃいられなくしたいと思ってるって。今からたっぷり可愛がってやる」

甘い言葉を囁かれているのに、先ほど性急に抱かれた身としては、その言葉に不安しか感じない。

そうしている間にも大きな手が美紗の滑らかな肌にボディーソープを塗り込めていく。

「や……ヌルヌルして……なんか、へん……だから」

身体を洗われているだけだ。そう思おうとしているのに、身体が熱くなってしまう。

柔らかな双丘だけでなく首筋から両腕、ほっそりとしたウエストと順番に洗い上げられていく。泡まみれの手がおへその辺りに触れたときはそのまま下肢に触れられるのではないかとドキリとしたけれど、その手は美紗の身体を抱き上げながら向きを変えた。

「こっち向いて」

向かい合うように引き寄せられて、自然と膝立ちで本橋に向き合う格好になる。

大きな手がそのままウエストからヒップラインに滑らされ、その動きに無意識に美紗の腰が揺れる。

お尻の割れ目に指が入り込み、後孔から花弁の重なりを擽《くすぐ》るように撫でた。

「あ……っ」

思わず小さな声を漏らすと、本橋の唇に満足げな笑みが浮かぶ。

「動くなって。ここもちゃんと洗っておかないと」

「や……自分で、できる……から」

さらに腰を引き寄せられそうになり、その手を押し返すと思いのほかあっさりと身体を自由にされた。美紗は急いで泡を洗い流し、ニヤニヤと笑う本橋の前でバスタブの中に逃げ込んだ。

「もう色々してるんだし、そんなに恥ずかしがらなくてもいいのに」

本橋は自分もシャワーを使うと、すぐに美紗の隣に滑り込んできた。

「な、なんで一緒に入るんですか⁉」

「いいじゃん。ほら、狭いんだからこっち座れ」

狭いバスタブの中では逃げようもなく、また先ほどのように足の間に座らされ、今度は後ろから羽交い締めにされてしまった。

「や、だ……んっ」

自然と素肌に滑らされる手のひらにも、身体が勝手に反応してしまって甘ったるい声が漏れてしまい、美紗は慌てて唇を引き結んだ。

「美紗」

肩と首の間に本橋の顎が収まり、美紗の背中と本橋の広い胸がぴったりと密着する。湯の温かさとは違う本橋の体温が、恥ずかしいのに心地いいと感じてしまう。

大きな手で優しく美紗の身体を撫でさすり、強い刺激ではないはずなのに少しずつ身体が熱くなっていく。

「はぁ……」

思わず吐息を漏らすと、本橋が耳朶に唇を押しつけた。

「カワイイ。また気持ちよくなっちゃった？」

「ちが……」

「違わないだろ？　美紗のここは相変わらず立ってるし」

柔らかな胸の丸みの上でピンと存在を主張する乳首を、大きな手のひらで撫で転がされる。たったそれだけの仕草なのに、美紗は華奢な肩口を揺らしてしまう。

「ふぁ……っ」

「ほら、やっぱり感じてる」

「や、も……さわっちゃ……」

さっき立ったまま抱かれたのも刺激的だったけれど、バスルームの明かりの下で見下ろされるように抱かれるのはまた違う恥ずかしさがある。

無駄だと思っていても、この場から逃げ出したくて身を捩《よじ》ってしまう。

「こら、暴れるなって」

やんわりと腕を押さえ付けられ、柔らかな膨らみを持ち上げるように揉みしだかれる。

背筋をゾクゾクとした痺れが駆け抜け身悶《みもだ》えると、バスタブの湯が大きく跳ねた。

「あ、あ……っ、やめ……」

自分の甘い嬌声《きょうせい》がバスルームに響いて、恥ずかしくてたまらない。

「しーっ。俺にもたれて力を抜くんだ」

押さえ付ける力がさらに強くなり、片手は立ちあがった乳首をこね回し、もう一方の手が腹部から足の間へと滑らされる。

「ひぁ……っ、あ、あ……」

このままではまた指で煽《あお》られて、淫らな痴態を晒《さら》してしまうことになる。ついこの間初めて抱かれたばかりなのに、自分の身体はどんどんいやらしくなっていく気がする。

「も、いっぱいしたから……っ」

「さっき約束しただろ。ちゃんと可愛がってやるからって。今度は美紗の番だ」

「い、いいっ。頼んでないし……っ！」

「ほら、足貸して」

抵抗もむなしく、本橋は易々と美紗の左足を持ち上げて、自分の膝に引っかける。こうされると自分で足を閉じることができなくなって、格段に愛撫がしやすくなってしまう。まるで触ってくださいとばかりに、淫らな花弁が開いてしまった。

「やぁだ……っ」

伸びてきた指に秘処が覆われ、湯とは違うぬるついたものが本橋の指にまとわりつくのがわかった。

胸を弄んでいたもう一方の手が器用に花弁を捲りあげ、美紗の感じやすい小さな粒を剥き出しにしてしまった。

「やぁん！」

軽く撫でられただけで、腰を跳ね上げ、あられもない声をあげてしまう。さらに指先で転がすようにしてこね回されて、美紗はこれ以上嬌声を上げたくなくて両手で口を覆った。

「声、我慢しなくていいのに」

「んぅ、ん、んんっ」

「この前もそうだったけど、喘《あえ》いでる美紗、すごくカワイイ」

耳朶に歯を立てられ、甘い刺激に本橋の腕の中で身悶えてしまう。

「もうこんなに大きくなってる」

クリクリと花芯をこね回す声は、揶揄《やゆ》すると言うよりは嬉しそうな口調で、子どもがお気に入りの玩具を見つけた、そんな感じだ。

「や、そこばっかりしたら……っ」

「ここばかりしたらどうなるの？」

再び耳朶を唇で挟まれ、強く吸い上げられる。

「んぁっ」

「イキたい？」

今日の本橋は意地悪だ。恥ずかしいことばかり囁くし、手つきだって乱暴な気がする。

それに後ろからばかり身体に触れられるのも、不安が煽られておかしな気分になってしまう。

「美紗、イキたい？」

絶妙な力加減で花芯をこね回され、最後の高みまでたどり着かせてもらえない。あまりのもどかしさに美紗は子どものようにイヤイヤと首を横に振った。

「んぁ……はぁ……あ、ああっ！」

「ちゃんと言ってくれなきゃわからない。美紗？」

先ほどよりも強い口調に、言葉を紡ぎたいのに、唇から出てくるのは甘ったるい嬌声ばかりだ。

「じゃあやめていいの？」

頭の中に直接囁かれているような声に促され、美紗はすがるように本橋を見上げた。

「あ、ああっ……イ、イキた……はぁ……っ」

「よく言えました。じゃあ、イカせてやるよ」

「はぁっ……ああっ」

花弁を押さえ付けていた指が蜜口に押し込まれて、蜜壁を広げるように大きく回される。たったそれだけのことなのに、快感を待ちわびていた身体は大きく戦慄《わなな》いてしまう。

「さっきしたばっかりだから、柔らかいな。ほらもう二本入る」

「あ、あ、あ」

絡めた二本の指が深いところまで押し込まれて、思わず腰を引く。背中には少し前から本橋の硬い欲望を感じていて、自然とこのあとなにをされてしまうのかと意識してしまう。

「こっちも好きだろ？」

花芯をこね回していた手が、ぷっくりと腫れ上がった粒を摘んだ。

「あ、あ、あ……それ、ダメ……ああっ」

もう痛いのか気持ちがいいのかよくわからないほど、身体中が快感で支配されてしまっている。もっと気持ちよくなることばかりに意識が向いて、自分が少しずつ壊れていくような気がする。

「はぁ……んぁ……っ」

「気持ちいい？」

「んぁ、あっ、い、いい……っ」

淫らな囁きにも頷いてしまうほど、理性はどこかに消えてしまった。

本橋の腕が大きく動くたび、水面に大きな波が生まれて、大きな水飛沫《みずしぶき》がバスタブの外へと飛び散っていく。

「美紗、カワイイ」

こめかみに押しつけられた唇にも感じてしまう。それなのにあと少しという所まで上り詰めるのに、なかなか満たされない身体がもどかしくなってくる。

あと一歩というところまで高まると、愛撫の指の力が弱まってしまうのだ。

「ケイ、ケイ……っ」

――早くイカせてほしいのに。快感に濡れた目ですがるように本橋を見上げると、腕の中で身悶える美紗を満足げに見下ろす視線とぶつかった。

美紗が苦しむ姿を見て楽しんでいる、そんな目だ。

「もうヤダ……ぁ、おかし、から……っ」

「もっとおかしくなれよ。そうすればもう俺から離れようなんてバカなこと、考えないだろ？」

本橋は楽しげにそう囁くと、美紗を嬲《なぶ》る手を強くした。

「やぁっン！」

「いいよ、イッても。何度でもイカせてやるよ」

こんなふうにされなくても、もう離れたいなんて思わないほど本橋のことを好きになっているのに。それを伝えようにも、すでに逆上せかかった美紗の唇からは喘ぎ声しか出てこない。

「ケ、イ……き……ぃ、は……ぁン……」

少しでも本橋と気持ちがひとつになればいいのに。身体の中を指でかき回されて、今度こそ限界が近づいてくる。

顔に熱い息が触れても、自分の髪が擦れても、身体中のどこに触れられても感じてしまうほど極まって、本橋の腕の中で身体が小刻みに震えはじめた。

「あっ、あっ、あっ」

腰を跳ね上げる美紗の身体を、太い腕がギュッと抱きしめる。

「あ、あ、スキ……ぃ。ケイが……好き……っ」

そう口にした瞬間、美紗の中で膨らみすぎた熱が勢いよく弾け、熱気で赤く染まった身体が戦慄いた。

「あ……あ……、ん……」

快感で張りつめていた全身から力が抜け落ちて、気を抜けば湯の中に沈んでしまいそうな身体を本橋が抱き留めてくれる。

「美紗、もう一度言って」

美紗は最後に自分が叫んだ言葉を思い出して恥ずかしくなったけれど、それは快感に溺れていたとしても、本当の気持ちだった。

「……好き。ケイが、好き」

まだ乱れた呼吸で呟くと、チュッとキスが降ってくる。見上げた本橋の顔には満面の笑みが浮かんでいて、その笑顔にこちらまで嬉しくなってしまう。

「美紗、もう一回」

「……好きだよ」

「もう一回」

「ケイが好き。大好き」

この言葉がさらに彼を煽ることになるとは考えず、美紗は本橋が満足するまでその言葉を繰り返した。

結局そのあと湯船の中でも雄芯で散々突き上げられて、半ば逆上せた状態でやっとベッドに運んでもらえた。

本橋の家に来たときは明るかった部屋は真っ暗になっていて、すっかり疲れ切っていた美紗は時間もわからないまま本橋の腕の中で眠りに落ちていた。

「ん……」

人生二回目のエッチは立ったまま挿入され、三回目は風呂場で泡まみれにされ、バスタブの中で散々身体を弄られるなんて初心者には展開がめまぐるしく、刺激的すぎだ。

身体が重くてたまらない。目を開けたいと思っているのに、瞼すら重たくてあがらないのだ。

「……ん」

もう一度寝返りを打とうと挑戦すると、今度は自分の瞼がほんの少し震えるのを感じた。

「お。起きた？」

声が聞こえた瞬間ふっと瞼が軽くなって、美紗はゆっくりと目を開けた。

「……ここ」

（——どこだっけ？）

目の前にいる人は知っている。会社の先輩で、みんなには内緒だけれど実はデリップのケイで、それから昨夜――美紗はそこまで考えて、やっと自分がどこにいるのかを思い出した。

「……咽、渇いた……」

絞り出した声は自分でもびっくりするほど掠れている。

それはそうだ。昨日は何度もイカされて、そのたびに喘ぎ声をあげさせられたのだから掠れていないほうがおかしい。

「待ってて」

本橋が美紗を抱きしめていた手を解いて、ベッドから出て行くと、身体が急に自由になる。

身体が重かったのは疲れていただけでなく、本橋の腕が身体に巻き付いていたこともあったらしい。

程なくして戻って来た本橋の手にはミネラルウォーターのボトルが握られていて、美紗はだるさを引きずりながらベッドから起き上がった。

「ありがと」

お礼を言ってから、ボトルに口をつけると、ひんやりとした水が咽を滑り落ち、疲れた身体に染み渡っていく。

「……おいしい」

吐息のように呟くと、本橋が再びベッドに潜り込んでくる。

「今、何時?」

「まだ朝じゃない。もう少し眠れば?」

そう言いながら本橋が視線を向けた先にはデジタル時計があって、美紗はその時間を見てギョッとした。すでに真夜中を過ぎていて、もちろん終電など終わってしまっている。

ここに来たのが午後だとしても、随分長い時間抱き合っていたのだろう。初めての時も思ったけれど、お互いが求め合っているときは時間の感覚などなくなってしまうらしい。

「おいで」

横になっていた本橋に手招きをされ、美紗は素直にその腕の中に収まった。

「……私、男の人の部屋に泊まるの初めてなんですけど」

本橋と知り合ってから初めての経験ばかりだ。いろいろと目まぐるしくて落ち着かないけれど、慣れる日が来るのだろうか。

「当たり前だろ。この前まで処女だったのに男の部屋に泊まったことがある方が問題だ。俺以外のやつとそんなことしたらお仕置きだから」

キュッと鼻先を指で摘まれて、美紗は驚いてその手を振り払った。

「い、痛いですっ」

「おまえ、チョロいところあるから心配」

「チョ、チョロいって!」

思わず目を剝く美紗の隙をついて、本橋が唇を奪う。チュッと音がして、美紗は本橋を睨《にら》みつけた。

「言っておきますけど、普通いくら個室だったとしても、初対面の女性にキスなんてしませんからね？　ケイこそ……誰にでも簡単にキスするんじゃないですか」

勢いで口にしたものの、ありえそうな考えに、美紗は唇を尖らせて本橋に背中を向けた。

「あ、ひでぇ」

項に唇を押しつけながら抱きしめられたけれど、美紗は頑なに身体をギュッと縮こまらせる。

「だいたい、ケイが遠回しなことをしようとするから疑われるんですよ。それに女よけのために私と付き合っているふりするとか、自分はモテますって言ってるようなものだし」

「またその話を蒸し返すわけ？　それってヤキモチだろ。俺が他の女にちやほやされるのが許せないっていう」

「違うしっ」

自分でも認めたくなかった図星を指されて、さらに気持ちが頑なになってしまう。

すると、さらにダンゴムシのように丸くなろうとする美紗の身体を、本橋がむりやり反転させた。

「こっち向けって」

「やぁだっ」

ジタバタともがくけれど、簡単に向きを変えられ、額に額を押しつけられる。じっと瞳の中を覗き込まれて、美紗は居たたまれずにギュッと目を閉じた。

「美紗、聞いて。俺はどうでもいい女だったら時間をかけて口説いたりしない」

はっきりと聞こえた言葉に、美紗はもう一度瞼をあげた。

寝室の薄明かりの中でも本橋の瞳はしっかりと美紗を捕らえ、見つめ続けている。美紗のさぐるような視線を感じて、本橋の唇の端が楽しげにつり上がった。

「そもそもどーでもいい女とは寝ない。美紗だから何度だって抱きたくなるんだ」

「……っ」

確かに今日も何度も抱かれて、もうどうしていいのかわからないくらい蕩けさせられてしまった。

一瞬にして全ての出来事を思い出して、美紗の頬がうっすらと赤く染まる。それを見た本橋の唇にはさらなる笑みが広がった。

「まあ、たまにヤキモチを焼いてくれた方が俺たちの仲が盛り上がるって言うならそういう努力もするけど」

本橋の楽しげな口調に、美紗はまたからかわれたのだと気づき、その顔を睨みつけた。

「ほら！　またそうやって私をからかう！」

怒ってもう一度背を向けようとすると、今度はそれよりも早く肩を押さえつけられ本橋の身体の下に組み敷かれてしまう。

「取りあえずは美紗が俺のことを信用してないことはわかったから、信用してもらえるようにもう少し努力をした方がいいみたいだ」

「え？」

「明日が休みで良かったな……平日だったら会社には行かせてやれそうにないし」

もう十分美紗の身体で楽しんだのに、まだ抱こうとしているらしい。

「や、も、もう……んぅ」

もう今夜はこれ以上は身体が保ちそうにない、という美紗の主張はキスに飲み込まれてしまった。

エピローグ

「ふふふふふ。完璧！」

美紗はダイニングテーブルに並べられた朝食を見て、一人含み笑いを漏らした。

食卓には湯気の立つできたての味噌汁《みそしる》に塩むすび、少しいびつな厚焼き卵、それから冷蔵庫に入っていたケイが作った浅漬けが並んでいる。

最初は週末だけどちらかの家で過ごすことが多かったけれど、最近は美紗がケイの家に泊まることが多くなった。

美紗もひとり暮らし同然なのだからいつでも泊まりに来て欲しいと言ったのだが、一度突然兄が帰宅したこと、それに昔からのご近所さんの目を気にしてのことらしい。

確かに頻繁に見知らぬ男性が出入りしていたら近所の噂《うわさ》になりそうだから、美紗もその提案を受け入れて、その代わり平日も足繁く本橋のマンションに通うようになったのだ。

最近の本橋はいよいよケイの依頼も増えてきていて、二足のわらじ生活も大変そうだった。美紗にできることと言えば、本橋の負担が減るように掃除洗濯などの家事を引き受けることで、それが甲斐甲斐《かいがい》しく本橋の元に通う口実にもなった。

「お。いい匂い」

やっと目が覚めたのか、本橋が寝室から顔を覗《のぞ》かせた。髪にちょっと寝癖がついて、パジャマ代わりのTシャツが少しくたびれていて、会社でバリバリ仕事をこなしている彼とは大違いだ。

「今起こしに行こうと思ってたの」

「なんだ。だったら、待ってれば良かった。美紗がキスで起こしてくれたんだろ？」

「キスなんてしないし！」

「じゃあ次はキスで起こしてよ」

「嫌です～」

美紗がプイッと顔を背けると、本橋はククッと小さく笑いながら二人の食卓を覗き込んだ。

「頑張ったじゃん。食おうぜ」

「うん」

美紗はハイビスカス柄のエプロンを外すと、本橋と向かい合うように腰を下ろした。

初めて美紗がこの部屋を訪ねたときに出てきた真新しいエプロンは、本橋が美紗のために用意したものだった。

あのときは過去の彼女が使っていたものではないかと疑ったけれど、来るかわからない美紗のために用意していたというのだから、笑ってしまう。

そんな美紗の思いに気づかず、本橋はいつものように『いただきます』と手を合わせてから箸を取った。

本橋のこういう律儀なところが好きだ。

最近は両手を合わせることもしない人がいるけれど、美紗は小さな頃から母に厳しくしつけられてきたせいもあり、些細《ささい》なことかもしれないが同じ価値観の人がいて嬉《うれ》しい。

本橋が味噌汁に手を伸ばすのを見て、黙っていられずに思わず口を開いてしまった。

「ケイに言われたとおり、ちゃんと粉末出汁を使ったんだけど、どう？」

今日の味噌汁の具は豆腐とわかめとネギというスタンダードなものにした。以前はテレビで見たトマトとかレタスを入れたサラダ味噌汁とか納豆とか冒険をしたものだが、本橋に禁止されているのだ。

「うん、上手い。味も安定してきたし、これなら今度はちゃんと出汁の取り方教えてやるよ」

「ホント？」

「ああ。出汁にも種類があるけど、やっぱり最初は鰹《かつお》からかな。週末に教えてやる」

「うん！」

今度は厚焼き卵に箸をつけたのを見て、口に運ぶ様子を目で追ってしまう。

「うん。卵焼きも……形はちょっと悪いけど、味はバッチリ」

「はぁ～よかったぁ」

ケイにもらった料理本を見て、レシピ通りきっちり測って料理をするようにしたのだ。

それだけで形はともかく味が調ってきたのだから、計量というのは侮れない。

「おまえ舌が馬鹿なわけじゃないから、レシピ通り計量をしっかりして作ればまともな料理作れるんだよ。隠し味とかアレンジとか考えるなよ？」

念を押されて、美紗はほんの少し顔をしかめた。

「わかってるってば。散々言われたんだし」

たまに自分なりのアレンジレシピで作ってみたいという誘惑もあるけれど、本橋にしつこいぐらい釘《くぎ》を刺されているし、もらった本のレシピを完璧にマスターするまでの我慢だ。

「いい子いい子」

「ふーんだ。いつかケイを唸《うな》らせるぐらいのオリジナルレシピ考えるんだから」

「はいはい。期待しないで待ってるけど、ちゃんと味見してから食べさせてくれよ」

本橋は笑いながら塩むすびを口に運んだ。

「……んぅ!!」

次の瞬間顔をしかめて、グラスに入っていたお茶を一気に呷《あお》った。

「ど、どうしたの？」

お茶を飲み干したあとも口を押さえて眉間に皺《しわ》を寄せる本橋に、美紗はお皿に残された塩むすびと本橋の顔を交互に見た。

「お・ま・え！　塩つけすぎっ」

「え？　だって塩むすびって塩味でしょ？」

「加減ってものがあるだろ。加減ってものが！」

どうやらまたやってしまったらしい。本橋がすごい剣幕で美紗を睨《にら》みつける。

「今かじった瞬間、ジャリッて言ったぞ！」

「し、塩加減までレシピに載ってないし……」

「はぁ。いいからおまえも食ってみろ」

言われた通り口に運んだ瞬間――

「うぇっ」

美紗も慌ててお茶が入ったグラスに手を伸ばした。

「ゲホッ、ゴホッ！」

本橋がテーブルを回り込んできて、咳き込んだ美紗の背中を撫《な》でた。

「な、ヤバいだろ？」

しょっぱいを通り越して苦いおむすびに涙目で頷《うなず》くしかない。

「ご、ごめんなさい……」

久々に殺人的に不味いものを作り出してしまい、合わす顔がないとはこのことだ。美紗が涙目で俯《うつむ》くと本橋が美紗の頭をワシワシッと撫でた。

「失敗したのは仕方ないから、次に生かせばいいんだよ。な？」

「で、でも……」

あの〝ケイ〟の彼女として、おむすびすらまともに作れないのはさすがにまずい気がする。

それにケイのレベルには届かないにしても、もう少し豪華な朝ご飯を作れるようになりたい。

「私、もっと頑張るから！」

思わず美紗が拳を固めると、本橋は苦笑いを浮かべた。

「おまえはそんなに頑張らなくていいの」

決意を込めて口にした言葉のわりにあっさりとした返事が返ってくる。おまえには期待していないと言われた気がして、美紗ががっくりと肩を落としたときだった。

「いいの。おまえの面倒は一生俺が見るんだから」

「……え？」

下をむきかけていた美紗は、なにかの聞き違いではないかとその顔を見上げた。

「しょうがないだろ。おまえみたいなメシマズを嫁にもらってくれるのなんて俺しかいないぞ？　だから美紗は嫌でも俺の嫁になるしかないの」

「……」

（もしかして、今のってプロポーズ？　だって、嫁って言ったよね？）

まさか本橋がそんなことを言うと思わなかったから、これが夢なのか現実なのか疑ってしまう。

美紗が信じられない気持ちでその顔をついまじまじと見つめていると、いつも余裕たっぷりの本橋の顔が少しずつ赤くなっていく。

「……ケイ、もしかして照れてる?」

「うっさい! とにかくおまえは一生俺が面倒見るんだから、それでいいだろっ」

ぷいっと顔を背けたかと思うと、そのまま洗面所に入って行ってしまう。

「ほら、おまえも支度しないと遅刻するぞ!」

「ちょっと待ってよ! それって言い逃げじゃん!」

美紗は本橋のあとを追い掛けて洗面所に入ると、そのままその広い背中にしがみついた。

「うわ」

歯磨き粉をつけようとしていた手が滑り、シンクに歯ブラシが落ちる乾いた音が響く。

「こら、危ないだろ」

そう言いながらも、向きを変え美紗の身体を受け止め、優しく抱き返してくれた。

「どうして私の返事は聞かないの?」

美紗が頬を膨らまして見上げると、本橋は少し困ったような笑みを浮かべた。

「俺は前から考えてたけど、おまえはまだ入社して二年目だし、急いでないからゆっくり考えてからでいいから。プロポーズするならちゃんと指輪も用意したいし、今のは……なんつうか、仮予約?」

大きな手が美紗の髪を梳いて、背中を撫で下ろしていく。さっきは赤くなっていたのに、今はもういつもの大人の本橋だ。

美紗はその余裕のある態度がなんとなく面白くなくて、本橋を困らせてやりたくなった。いつも彼の言動に振り回されて、ドキドキさせられているのだ。少しは本橋もやきもきすればいい。

「じゃあ考えてる間にケイの気が変わったり、私に他に好きな人ができたらどうするの？〝仮〟だから無効だよね？」

美紗の挑戦的な言葉に、本橋はギョッとしたように美紗の両肩に手を置いた。

「は？　なに言ってんだよ」

「だって、仮予約ってそういうことでしょ。仮なんだからキャンセルも可能だし」

「ちょっと待て！　おまえもしかして俺の他に⁉」

顔色を変えて慌てる本橋の反応を見て、美紗は胸がすっとするのを感じた。そして、これぐらいにしておかないとあとで仕返しをされてしまうということも、もうよくわかっていた。

「もう、例えばでしょ！　ほとんど毎日一緒にいるんだから、私にケイ以外の人がいるわけないってちょっと考えればわかるじゃない」

「じゃあなんでそういう言い方するんだよ」

「だって、ケイっていつも私の気持ちも聞かないでどんどん進めちゃうじゃない。私はちゃんとどうしたいのか聞いて欲しい。また勘違いして、ケイと喧嘩《けんか》なんかしたくないの」

お互いの気持ちが通じ合うまでの紆余曲折を思い浮かべて、美紗は少し厳めしい顔をして本橋を見つめた。

「わかった?」

「……はい」

本橋は意外にもあっさりと頷いてそれからぼそりと呟《つぶや》いた。

「つうか……最近おまえ強い……」

「そ、そう?」

強いというのは女性に対しての褒め言葉として、あまり良くない気がする。思わず眉間に皺を寄せた美紗を見て、本橋がクスリと笑った。

「まあ、そういうところも好きなんだけど」

本橋は美紗の身体を抱き直すと、身を屈めてそっとキスをした。

「ん」

離れた唇を追い掛けるように背伸びをすると、すぐに先ほどよりも強く唇が押し付けられる。

「んぁ……」

いつの間にか当たり前になった深い口づけに、二人の舌が絡みつく。そうは言っても、本橋としかキスの経験がない美紗はすぐに主導権を握られて、いつも口腔《こうこう》をメチャクチャに犯されて蕩《とろ》かされてしまうのだ。

「んん……はぁ……」

朝から腰が抜けてしまいそうな濃厚なキスに、美紗が降参して本橋の胸に頬を寄せる。

すると本橋は美紗の耳に唇を寄せて囁《ささや》いた。

「これは契約書代わり。だからもうキャンセルは認めないからな」

結局美紗の返事を聞かずに決めてしまったのではないだろうか。一瞬そんな考えがよぎったけれど、朝からこんなキスに応えているのだから、返事をしたのも同じだろう。

それよりも今は何時だろう。もう会社に行きたい気分ではなくなってしまった。遅刻しないぐらいのイチャイチャする時間はあるだろうか。

美紗は頭の隅でそんなことを考えた。

後日談　一緒なら大丈夫

キッチンから聞こえたボンッ！　という嫌な音に、ダイニングテーブルの上を片付けていた美紗は飛び上がった。

「きゃぁっ！　な、なに⁉」

音の主、電子レンジの扉を開けた美紗は庫内の惨状に悲鳴をあげた。

「な、なんで⁉」

さっきまでは確かに食べ物だったガラスボウルの中は、加熱時間を誤ったのか黒焦げの謎の物体になってしまっている。しかも先ほどの音は爆発音だったようで、庫内にはボウルの中身であった黒焦げの物体が弾けて、飛び散ってしまっている。

アイランドキッチンのため隔てる壁が少ないせいで、一瞬にしてリビングまで焦げ臭くなってしまう。美紗はその臭いに慌てて換気扇の風量を強くした。

ここは恋人である本橋のマンションで、こんな失敗を見られたらなにを言われるかわからない。

最近は失敗も少なくなってきて、料理を褒められることも多くなっていたのに、久々の大失敗だ。

幸い本橋が帰宅をするまでには猶予があるはずだから、今のうちに証拠を隠滅してしまおう。

「よ、よし！」

美紗が拳を握りしめて掃除を始めようとしたときだった。

玄関からかちゃん、という鍵の開く音がして、すぐに本橋の声が聞こえてきた。

「ただいま……って、なんだこの臭い。美紗⁉」

「う、嘘《うそ》！　なんで？」

いつもより一時間以上帰宅が早い。普段はシフト通りに仕事が終わる美紗の方が早く帰ることができる。営業の本橋の退社時間はあってないようなもので、外回りのまま直帰をしたり、そのまま取引先の人と食事に出てしまうこともあった。

付き合い始めのころは仕事終わりに外で待ち合わせをしたこともあったが、最近では比較的早く帰ることの出来る美紗が本橋の家で待っていることが多かった。

驚いてリビングのデジタル時計を確認している間に、ドタドタと廊下を走る音がして、すぐにスーツ姿の本橋が姿を見せた。

「美紗⁉　どうした⁉」

血相を変えた本橋の姿に、美紗は観念して肩を落とした。

「……ご、ごめんなさい。失敗、しました」

頭を下げる美紗に、本橋は「はぁっ」と安堵《あんど》の溜息《ためいき》を漏らす。てっきりいつものように〝バカ!〟と怒られると思っていた美紗は、驚いて顔を上げた。

「……ったく、驚かせるなよ」

本橋はもう一度深く息を吐き出すと、キッチンを離れて換気のためにリビングの窓を開けた。

十一月の冷たい空気がピュウッと入り込んできて、美紗はその風の冷たさと相変わらず残念な自分の姿に泣きたくなった。

「怪我とかは?」

振り返って問いかけてくれた声は思っていたよりも優しい。

「……大丈夫」

「で? 今回はなにを作るつもりだったわけ?」

「じ、実は……」

振り返ってこちらを見下ろす本橋に、美紗は渋々事情を話すしかなかった。

「つまり、来月のクリスマスに向けて俺にサプライズをしようとケーキを作る練習をしてたってわけだ」

「うん。この前一緒にテレビ見てたとき、ケイがガトーショコラが好きって言ってたでしょ。今から練習すればクリスマスに間に合うかと思って」

「で、チョコレートを溶かすのに湯煎を使うところを省略して電子レンジで溶かそうとして、爆発したと」

「ば、爆発っていうかちょっと焦げちゃっただけで……それに、ネットで電子レンジを使った溶かし方が載ってたんだもん」

「ちょっとぉ？　おまえね、玄関開けて明らかに失敗した焦げの臭いを嗅いだ俺の気持ちも考えて見ろ。ヘタしたらマンションで異臭騒ぎだぞ。消防車でも呼ばれてたらどうするつもりだ」

「ご、ごめんなさい……」

「ったく、別の意味でサプライズじゃねーか。おまえ電子レンジでチョコ溶かすの禁止!!」

美紗が無事なことに安心したのか、本橋の言葉はいつものように容赦ない口調に戻っている。

（相変わらず厳しい……）

つい恨めしげな視線を向けると、じろりとにらみ返された。

「美紗、返事」

「……はーい」

美紗は慌てて目を伏せて、せっせと後片付けの手を動かすしかなかった。

被害は電子レンジの庫内だけだから、臭い以外はすぐに全て元通りになったけれど、さすがに仕事で疲れているはずの本橋にもうしわけない。

いつも迷惑をかけてばかりだけれど、その分人一倍もうしわけないという気持ちは持っているのだ。

「……あの、すぐにご飯の支度するからお風呂入ってきたら？」

機嫌を取るような美紗の言葉に、本橋はあっさりと首を横に振った。

「いいよ、メシは」

「え？」

「もう作るのも大変だし、外に食いに行こうぜ。この時間だし、明日も会社だから近くのファミレスとかだけどいいか？」

「も、もちろん！」

疲れて帰ってきたのにキッチンの掃除を手伝ってもらった美紗に拒否する権利などない。

二人で食事をした帰り道、手を繋《つな》いで歩きながら、美紗はふと今朝届いたメールのことを思い出した。

「あ、そうだ！　うちの両親クリスマスの翌日から二週間ぐらい帰国するの。それで、良ければその時にケイに会いたいって言ってるんだけど」

本橋と付き合い始めてすぐに、海外赴任中の両親にはそのことを伝えてあった。

「営業は年末年始が忙しいから無理かもしれないって言ってあるから、忙しかったらまた次の機会にでも」

そこまで口にした美紗の手を、本橋が乱暴に引っぱった。

「なんだよ。俺のこと両親に紹介したくないのか？」

ムッとした顔で見下ろされ、美紗は慌てて首を横に振った。

「ち、違うよ！　だってまだ付き合って半年とかでしょ。いきなり親に紹介するとか……その、重いかなって」

「バカ。俺はおまえと結婚するつもりだって言っただろ？　ご両親が日本にいたんならとっくに挨拶に行ってるよ。かわいい娘と結婚させてもらうんだから、俺の方が向こうに出向かなくちゃいけないぐらいだ」

「……」

（ヤバイ。メチャクチャ嬉《うれ》しいんだけど）

胸の奥がキュンと苦しくなって、ドキドキして、本橋への愛しさで胸がいっぱいになってしまう。

「御用納めまでは忙しいけどそのあとなら大丈夫だから、ご両親から連絡来たら伝えといて」

「うん」

嬉しくて嬉しくて、ギュッと大きな手を握り返す。

両親に恋人を紹介するのは生まれて初めてだ。というか、彼氏という存在を持つのが初めてなのだから、なにかイベントがあるたびに不安になったりドキドキしてしまう。

幸い本橋は気持ちを隠すことなく伝えてくれる人だから安心できるけれど、彼がそんなふうにドキドキや不安を感じている様子を見たことがないのが少し悔しい。

本橋は美紗と一緒にいて、そんな気持ちにはなったりしないのだろうか。

いつも冷静で自信たっぷりなのはカッコいいと思うけれど、たまにはそんな様子を見てみたいと思うのはわがままだろうか。

美紗のそんな小さな願望は、思いがけないほどすぐに叶えられることになった。

＊　＊　＊

年が明けた一月二日。美紗は自宅の最寄りである私鉄の駅で、改札口から出てくる人の顔をひとりひとり見つめていた。

しばらくしてすらりとした背の高い男性の姿を見つけて、もたれていた壁から身体を起こした。

「ケイ！」

手を振ると、自動改札を通り抜けてきた恋人の顔に笑みが広がる。その笑顔を見ただけで、美紗の胸はキュウッと苦しくなった。

「わざわざ迎えに来なくてもよかったのに」

本橋はそう言いながらも荷物を持っていない方の手で、美紗の手を握ってくれる。それから思いついたように立ち止まって、ほんの少し眉間に皺《しわ》を寄せた。

「まさか……お父さんが怒ってて家に入れてくれそうにないから、それを知らせに来たとかじゃないよな?」

「え? まさか! 父も母も、あと兄もケイが来るの楽しみにしてたよ」

しかめっ面の中に垣間見える不安げな様子に、美紗は思わずニンマリと唇を歪《ゆが》めてしまった。

「ねえ。もしかしてさ、緊張してる?」

美紗のからかうような言葉に、本橋はめずらしく素直に頷《うなず》いた。

「当たり前だろ。娘さんをくださいって挨拶に行くのに、緊張しないヤツなんていないし」

「そんなもの? でもうちの両親はそんな堅苦しい人じゃないってば。お兄ちゃんだってあんな感じなの、知ってるでしょ」

「おまえは娘だからそうかもしれないけど、俺はかわいい娘を父親から奪う、いわば敵なんだから」

本橋の口調が真剣になればなるほど、クスクスと笑いがこみ上げてきて、気づかれないように必死で堪える。本橋でも心配したり不安になることがあるのだと思うと、もうしわけないけれど、楽しくなってしまうのだ。

「もう、大袈裟《おおげさ》だってば。みんな楽しみに待ってるよ。行こ?」

繋いだ手を引くと、本橋も仕方なさそうに歩き出した。

会社では法人営業部のエースとしてバリバリ働いている本橋が、これぐらいのことで緊張するなんて意外だ。もしかしたらそんな姿を見ることができるのは自分だけかもしれないと思うと優越感を覚えてしまう。

美紗が心の中でこみ上げてくる笑いを顔に出さないように、必死で戦っているときだった。

「あ、言い忘れてた」

ちょうど赤信号で立ち止まった本橋が美紗を振り返る。

「なぁに？」

「いや、駅で見たときにすぐ言いたかったんだけど……あんまりかわいかったからさ」

「だから、なぁに？」

「着物」

本橋が目に甘い笑みを滲《にじ》ませながら美紗を見下ろした。

子供の頃は毎年元旦やお客様がくる二日に着物を着せられたこともあったが、ここ数年は母が強制することもなかったので、着物には縁のないお正月を迎えていた。

ところが今年は朝起きたら母が着物を用意していて、断る理由もなかったからそのまま着付けをしてもらったのだ。

母が若い頃に作った着物で、淡いピンク地に小桜が舞うデザインはお正月らしい。クリーム色の半幅帯を花文庫に結んでもらい、少し濃いピンク色の羽織を羽織っている。

「お、おかしくない？」

最初になにも言わなかったし、男の人の反応なんてこんなものだと思っていたから、改めて言われると急に照れくさくなる。

　思わずうっすらと頬を染めると、本橋が身を屈めて周りに聞こえないぐらい小さな声で囁《ささや》いた。

「かわいい。メチャクチャかわいい」

　わざとふうっと耳の中に息を吹き込まれ、揺れた後れ毛が美紗の頬をくすぐった。

「……っ！」

　顔を赤くして小さく息を飲むと、その反応に満足したのか本橋の唇がニヤリと歪み、そのしてやったりという顔にからかわれたのだと気づく。

「も、もう！」

「ははっ。ほら青だぞ」

　本橋は笑い声を上げながら美紗の手を引いて歩き出した。

「おまえさ、さっきから俺が緊張してるのを面白がってただろ？」

「え？」

「だからおかえしだ。俺のことをからかおうなんて十年早いんだよ」

　つまり必死で笑いを堪えていたつもりだが、本橋には美紗の考えていたことがお見通しだったということだ。

　さっきまではめずらしく緊張している本橋が面白くて仕方がなかったのに、いつの間にか形勢が逆転してしまっている。

「……っ」

顔を赤くした美紗が唇を尖らせると、その顔が面白かったのか本橋がまた声をあげて笑った。

「あのさ、一応確認しとくけど、おまえ着付けってできるの？」

「まさか！　出来るわけないでしょ。母が着付けてくれたの」

「だよな～」

がっかりしたような口調に、美紗は首を傾げた。本橋は自分で着物の着付けが出来るような女性が好きなのだろうか。

「和服、着れた方がいいなら練習するけど」

以前から母が教えてくれるというのを必要ないと断ってきたけれど、本橋のためなら練習してもいい。それに自分で着られるのなら、気軽に浴衣で花火大会や夏祭りに行くことも出来る。

すると美紗の的外れな言葉に、本橋が苦笑いを浮かべた。

「なに？」

「今のはそういう意味じゃないんだけど」

「え？」

「ホントにわかんないの？　俺が脱がせても自分で着られないなら、今日は脱がせられないなって意味で言ったんだけど」

かみ砕いた説明をされて、頭にカッと血が上る。意味を理解したのはいいけれど、往来でする会話ではない。

「な！　こ、こんなところでなに言ってるの⁉」

自分でも驚くほど大きな声になってしまい、ちょうど横をすり抜けようとしていた自転車の男性がギョッとした顔で通り過ぎた。

「バカ。声が大きいって。素直に反応しすぎだろ」

「だって！　ケイがからかうからでしょ」

「からかってないって。まあ、美紗の反応がいつも通りなのは和むけど」

本橋は少し不安げに、美紗の家の前で立ち止まった。

「さて、行きますか。美紗、お父さんに殴られそうになったら助けろよ？」

本気とも冗談ともつかない言葉に、美紗は本橋を励ますように微笑んだ。

「大丈夫。もしお父さんがそんなことしそうになったらかばってあげるから。さあどうぞ！」

美紗は門扉を押して、本橋を家の中へと誘った。

＊　　＊　　＊

美紗が本橋を連れて戻ると、本橋が来る前から飲み始めていた父と兄は母の庸子《ようこ》が腕によりをかけた正月料理を囲み、すっかりできあがってしまっていた。

挨拶をしてかしこまっていたのは最初だけで、笠原家の男性二人はお酒の酔いも手伝って、すぐにいつものお気楽な態度に戻ってしまっている。

とにかくしつこく本橋に酒を勧めて、美紗がお酒を運んだり料理の取り皿を交換したりと席を立っているうちに、取りあえず三人は仲良くなれたらしい。

「美紗！　熱燗《あつかん》つけてくれ！」

創の声にキッチンでお吸い物の準備をしていた美紗は顔をしかめた。

「もうおしまいです！　今お吸い物作ってるから待ってて！」

予定では軽く飲んだあとにお雑煮を出す予定だったのだが、男性陣はお酒が進みすぎてお雑煮は重すぎるというので、シジミのお吸い物を作ることにしたのだ。

「もう、二人とも圭輔さんがせっかく挨拶に来てくれたのに調子に乗りすぎ」

ブツブツ言いながら柚《ゆず》の皮を刻んでいると、隣で小皿を洗っていた庸子がクスクスと笑い声を漏らした。

「美紗もいつの間にか包丁使うのが上手になったわね。最初はなにも出来ないあなたをひとり暮らしさせるのは心配だったけど」

「圭輔さんが色々教えてくれたから。ほら言ったでしょ。彼、ＳＮＳでお料理を紹介してる有名な人だって」

美紗は兄に強引に肩を抱かれている本橋に視線を向けた。

「それは何度も聞いたし、雑誌も送ってもらったから知ってるけど、だからこそもっとちゃんと料理をさせておけばよかったって後悔してるのよ。さっき上手に出汁を取ってたけど、圭輔さんに教わったんでしょう？　本当は私が教えなくちゃいけなかったのに」

「それはお母さんのせいじゃないでしょ。私も興味がなかったし、その時教えるって言われても覚える気にもならなかっただろうし、ひとり暮らしはタイミングも良かったのよ」

「そうねえ。でもこうやって美紗とキッチンに並んで立ってみると、もっと小さな頃から一緒にお料理をしておけばよかったって思っちゃうわ」

「私よりお兄ちゃん心配したら？　今時なにも出来ない男なんてモテないよ？」

「そうよねぇ。圭輔さん見てるとそう思うわ。創も春から東京に戻るって言うし、私も戻ってきて仕込もうかしら？」

「ふふふ。いいんじゃない？」

美紗はお椀《わん》にシジミ汁をよそうと、その上に刻んだ柚を散らした。

「ん！　完璧」

「シジミ汁に柚って初めてね」

「うん。前に圭輔さんが作ってて美味しそうだったから真似っこ。それよりよっぱらいたちのためにシジミを準備してたお母さん、さすがだわ」

「そういうのも結婚したらだんだんわかってくるわよ」

美紗はお盆の上にお椀をのせると、リビングで盛り上がる三人のところへ運ぶ。

「お！　美紗ちゃん！　熱燗か？」

兄の一際大きな声にしかめっ面を返す。

「残念でした。酔っ払いの皆さんにはシジミ汁です。圭輔さんもどうぞ」

すると、真っ先に箸をつけた父が、ホウッと大きな溜息を漏らした。

「え？　美味しくなかった？」

「違うよ。逆だ。美紗にお吸い物を作ってもらう日が来るなんて……」

酔っているとはいえ、しみじみと噛《か》みしめるような言葉に恥ずかしくなる。本橋には料理がほとんど出来なかったことは知られているけれど、こんなふうに改めて言われるのはやはり恥ずかしいことこの上ない。

「お、お父さん、お吸い物ぐらいで大袈裟！　飲み過ぎだよ！」

照れ隠しに林立したお銚子《ちょうし》を集めたけれど、チラリと目が合った本橋の顔は笑いを堪えているように見えた。

いつもはあまり顔に出ない本橋の目元もうっすらと赤くなっているから、かなり飲まされたのだろう。

「圭輔さん、顔が赤いよ。お父さんもお兄ちゃんも、あんまり飲ませないでよ。このあと初詣に行く約束なんだから」

「お、いいな。近所の稲荷神社か？　よし、今から行くか！」

今にも立ちあがりそうな父に美紗は慌てて叫ぶ。

「行きません！　これから明治神宮に行くんだから。二人で!!」

「美紗、お兄ちゃんは圭輔君が気に入ったぞ！　美紗も一緒に飲もう！」

「飲みません！　もう、圭輔さん。こっち来て！」

このままここにいたら、美紗が見ていない隙にどんどん飲まされて酔い潰されてしまう。ここのところゆっくり会えなかったから、久しぶりのデートを楽しみにしていたのだ。

美紗はよっぱらい二人を適当にあしらって母に託すと、本橋を二階の自室へと放り込んだ。

「はい。今お水持ってくるから、ここで大人しくしてて！」

大急ぎでミネラルウォーターのボトルを手に戻ってくると、本橋はベッドの上に腰掛け、部屋の中を見回していた。

「ケイ、お水」

「サンキュ。そういえば、この部屋も久しぶりだな」

「あ、そうだね。ちゃんと付き合ってからはご近所の目を気にして泊まりに来なくなっちゃったし」

「そうそう。美紗の初めてをもらったのもこの部屋だったたし」

チラリと視線を向けられ、ドキリとする。本橋はすぐにこういう思わせぶりな言い方や目をして美紗を困らせる。

「も、もう、飲み過ぎだよ？　お父さんたちに付き合わなくていいのに」

わかっているのにすぐに反応してしまう自分が恥ずかしくて目をそらす。

「私、すぐに着替えてくるから待ってて。早く出かけないと暗くなっちゃう」

そう言い捨てて、出て行こうとした手を本橋が素早く摑《つか》み、そのまま自分のそばへと引き寄せてしまう。

「きゃっ」

開いた足の間で太股の上に座らせるような格好で腰を抱き寄せられた。

「ケ、ケイ⁉ よ、酔ってるの？」

「さっきみたいに圭輔って呼んで。あの呼び方悪くない」

チュッと頬に口づけられて、その唇の熱さに頬が赤くなるのを感じた。

「……っ！ やっぱり酔ってるでしょ」

「美紗、呼んで」

「もぉ……圭輔さん」

そう囁いた瞬間、チュッと唇を吸われる。

「もう一回」

「……圭輔さ……んぅ」

今度は唇ごと覆われ、口腔《こうこう》の中に酒のせいでいつもより熱い舌が押し込まれる。鼻腔に酒の臭いが入り込んで来て、その香りの強さに酔わされてクラクラ眩暈《めまい》がしてしまいそうだ。

「は……ん……お酒、くさ……んぅ」

階下には家族がいるのにこんなことをするなんて、悪いことだと頭の中で冷静な自分が呼びかける。それなのに久しぶりのキスはその理性を突き崩す強い力を持っていて、意志に反して少しずつ身体から力が抜けていってしまう。

「んっ、んん……っ」

クチュクチュと淫らな音をさせながらキスを交わしていると、ふと胸元の違和感に気づき、美紗はうっすらと目を開いた。

本橋の指が帯締めに絡んでいて、それに身体が引っぱられていたようだ。

「……なにしてるの？」

呟いた美紗に向かって、本橋が唇に淫靡《いんび》な色を浮かべて微笑む。

「着替えるんだろ？　せっかくだから脱がせてやろうと思って」

一瞬納得してしまいそうになったけれど、こんなに色っぽい笑みを浮かべているのにこのままで終わるはずがない。

「ストップ！　それはダメ!!」

美紗はぴしゃりとその手を叩《たた》いた。

「いって！」

「こんなところでダメに決まってるでしょ」

「どうして？」

首のくぼみに唇を押しつけられて、慌てて身体を引く。

「ひゃっ……ダメだってば！」

このまま本橋の膝の上にいたらなし崩しにされそうで、強引に腕の中から逃げ出した。

「もうおしまい！　着替えるって言ったから、お母さんが着物片付けにあがってくるかもしれないでしょ！」

「ちぇっ。どうせ脱ぐなら誰が脱がせたって同じだろ」

「は？」

「男にはそういう願望があるの！　まあここでこれ以上は無理か。美紗、すぐに声出ちゃうし」

からかうような視線を向けられて、美紗はぷうっと頬を膨らませた。

「バカ！　エッチ！」

美紗は本橋に背を向けると、クローゼットの中から着替えを取りだした。

二階の奥の両親の寝室で着替えをしようと部屋を出ようとして、ベッドの上でミネラルウォーターのボトルを呷《あお》る本橋の姿にホッとしてしまう。

「ケイ、朝会った時は緊張してたけど、大丈夫だったみたいだね」

美紗は着替えを抱えたまま本橋の隣に腰を下ろした。

両親は気さくな人柄だし、本橋に辛く当たることはないとわかっていたけれど、やはり今朝の様子から心配はしていたのだ。

すると本橋がペットボトルを握りしめたまま肩を竦《すく》める。

「そんなことない。多分人生で一番緊張してたし」

「うそ。全然そんなふうに見えなかったよ。すぐに三人で盛り上がってたしさ」

「それはおまえが喜ぶからわかんないようにしてたの」

そう言われてみれば、陛下にいたときよりもほんの少しだけ表情が優しい。酔っているからなのだと思っていたけれど、やはり緊張していたのだろう。

「なにそれ。なんか……かわいいんですけど」

どうせならその心理状態を知ったまま様子を見守りたかったのに。ついそんな考えが浮かんでニヤニヤすると、本橋の指が美紗の頬をギュッと摘まんだ。

「痛いっ！」

慌てて手を振り払うと、本橋の長い指が痛みの残る頬を突いた。

「次に緊張するのは、おまえとの結婚式かな」

冗談とは思えない言葉と結婚式の三文字に、美紗は頬が痛いのも忘れて本橋の顔をまじまじと見つめた。

「……えっと」

確かにプロポーズもされたし、陛下で両親に結婚を前提に付き合っていると紹介したばかりだが、いざ結婚式といわれると、まだ他人事のようで実感がない。

「私たち、結婚……するんだよね」

自分で口にして初めて、胸の中にじんわりとした温かさが広がっていく。

「しないの？」

「す、する！　っていうか、ケイ以外としたくないし！」

身を乗り出すように叫んだ美紗の身体を、本橋の腕が優しく抱きしめた。

「よかった。今さら断られたらどうしようかと思った」

キュッと抱きしめられたあと、ゆっくりとお互いの身体が離れる。本橋はしばらく美紗の顔を見つめたあと、しみじみと言った。

「……まあ、当日は俺より美紗の方が緊張しそうだよな」

「う。確かに」

「まあ一生に一度なんだから、二人で緊張しようぜ」

甘い笑みを滲ませた瞳に見つめられ、本橋に愛されているという実感で胸がいっぱいになる。この人と一緒なら、もう幸せな未来しか思い浮かばない気がした。

これからもたくさんドキドキして、喧嘩をして、それからたくさんキスをして過ごすのだ。

「はい。よろしくお願いします」

美紗が頷くと、本橋の顔にも満足げな笑みが浮かんだ。

「美紗、愛してる」

優しく肩を抱き寄せられ、近づいてくる唇に美紗はゆっくりと目を閉じた。

あとがき

蜜夢文庫さんからは三冊目の著書となりましたが、お楽しみいただけたでしょうか。今回はメシマズをテーマに書かせていただきました（笑）

ちなみに私自身はメシマズではないふつーの腕前ですが、この話を書くに当たってお友達数人に相談したところ、結構若い頃のメシマズエピソードが出てきまして……ありがたく参考にさせてもらっちゃいました。

多かったのは塩加減とかレシピの大さじと小さじの見間違い。これ美紗にもやらせたかったんですが、チャンスがなく。

確かに塩小さじ1と大さじ1ではかなり違うし。ケイ、命拾いしましたね（笑）

本作品を書籍化するに当たって、ゲラチェックなど何度か読み返す機会があったのですが、空豆とかトウモロコシとかアスパラとか、なんだか春から夏の食材が多いですね。そういえばこのお話を書いたのはちょうどその頃だったな～。

あ、作中のレシピはメシウマのお友達に協力してもらって考えました。Sちゃんありがとう!!　また美味しいご飯食べさせてください（笑）

それと、もうひとつのテーマは今さらですがSNS。

私もツ○ッターとかフェ○スブックとかイ○スタとか色々と手を出しているのですが、小学校の友だちとか中学からの親友、元上司とか元彼（！）とか、繋がりたい人から繋がりたくない人まで色々絡みがあって面白いです。

でもSNSはまめな人向けですよね。ほぼ見る専門でブログも錆び付いている身としては、毎日まめに写真をアップしたり、ブログを書いている人、ホント尊敬。ケイ、まめな男ですね。

最近は毎日原稿を書くというルーティンすらままならないので、皆さんの発信する情報をキャッチする側として頑張ります（笑）

あ、新刊の宣伝はSNSでちゃんとやります！

今回の表紙&挿絵は蜂不二子先生です。

このあとがきの時点では表紙のラフしかいただいていないのですが、いつも繊細なラインと色っぽい構図のイラストを拝見してたので、本として仕上がってくるのを楽しみにしています。ありがとうございました！

編集のN様。いつも原稿をお待たせしているわけですが……今回は結構早かったですよね！　いえ、本来はこれが当たり前なのですが、私にしては早かった！　ということで……次回もよろしくお願いします！

そして最後になってしまいましたが、本書をお手にとってくださった読者の皆様。本当にありがとうございます。

細々と執筆活動をさせていただいているので、たまに書店で新刊を見かけたときは「お！　コイツまだ書いてるな！」と思ってお手にとっていただけたら嬉しいです。

ということで、そろそろお別れです。次回作でまた皆様にお会いできることを願って！

水城のあ

大人気
ラブストーリーが
再登場！
コミック版もCDも
大ヒット中！
今から
つくろっか、
子ども
結婚8年目の試練で
夫の執着愛が
大爆発♡

蜜夢文庫　最新刊！

才川夫妻の恋愛事情

Saikawa fusai no Renai Jijyo

8年目の溺愛と子作り宣言

兎山もなか〔著〕／小島ちな〔イラスト〕

職場で公開プロポーズをして、〝夫婦のように仲のいい同期〟から〝本当のカップル〟と認知された才川千秋&花村みつき。一週間休暇を取って、草津に新婚旅行に向かった二人は、実は7年前から正式に結婚していた。結婚を公言して以来、これまで夫婦生活に淡白だった才川は、旅館で、自分の実家で、積極的にみつきと体を繋げようとする。戸惑いながらも、嬉しく感じていたみつきだったが、才川が北海道に単身赴任することになって……。

溺愛コンチェルト　御曹司は花嫁を束縛する
著：鳴海 澪／画：弓槻みあ
あなたの言葉に溺れたい 恋愛小説家と淫らな読書会
著：高田ちさき／画：花本八満
イケメン兄弟から迫られていますがなんら問題ありません。
著：兎山もなか／画：ＳＨＡＢＯＮ
償いは蜜の味　S系パイロットの淫らなおしおき
著：御堂志生／画：小島ちな
あなたのシンデレラ 若社長の強引なエスコート
著：水城のあ／画：羽柴みず
ワケあり物件契約中 ～カリスマ占い師と不機嫌な恋人
著：真坂たま／画：紅月りと。
結婚が破談になったら、課長と子作りすることになりました!?
著：青砥あか／画：逆月酒乱
楽園で恋をする ホテル御曹司の甘い求愛
著：栗谷あずみ／画：上原た壱
小鳩君ドット迷惑　押しかけ同居人は人気俳優!?
著：冬野まゆ／画：ヤミ香
恋愛遺伝子欠乏症 特効薬は御曹司!?
著：ひらび久美／画：蜂不二子
編集さん（←元カノ）に謀られまして 禁欲作家の恋と欲望
著：兎山もなか／画：赤羽チカ
恋文ラビリンス 担当編集は初恋の彼!?
著：高田ちさき／画：花本八満
強引執着溺愛ダーリン あきらめの悪い御曹司
著：日野さつき／画：もなか知弘
極道と夜の乙女 初めては淫らな契り
著：青砥あか／画：炎かりよ
恋舞台 Sで鬼畜な御曹司
著：春奈真実／画：如月奏
純情欲望スイートマニュアル　処女と野獣の社内恋愛
著：天ヶ森雀／画：木下ネリ
年下王子に甘い服従　Ｔｏｋｙｏ王子
著：御堂志生／画：うさ銀太郎
赤い靴のシンデレラ　身代わり花嫁の恋
著：鳴海 澪／画：弓槻みあ
地味に、目立たず、恋してる。幼なじみとナイショの恋愛事情
著：ひより／画：ただまなみ

お求めの際はお近くの書店、または弊社 HP にて！電子版も発売中
www.takeshobo.co.jp

〈蜜夢文庫〉好評既刊発売中！

セレブ社長と偽装結婚 箱入り姫は甘く疼いて!?
　著：御子柴くれは／画：上原 た壱
隣人の声に欲情する彼女は、拗らせ上司の誘惑にも逆らえません
　著：奏多／画：幸村佳苗
年下幼なじみと二度目の初体験？　逃げられないほど愛されています
　著：西條六花／画：千影透子
黙って私を抱きなさい！～年上眼鏡秘書は純情女社長を大事にしすぎている
　著：兎山もなか／画：すがはらりゅう
俺様御曹司に愛されすぎ　干物なリケジョが潤って!?
　著：鳴海澪／画：ＳＨＡＢＯＮ
元教え子のホテルＣＥＯにスイートルームで溺愛されています。
　著：高田ちさき／画：とうや
露天風呂で初恋の幼なじみと再会して、求婚されちゃいました!!
　著：水城のあ／画：黒田うらら
旦那様はボディガード　偽装結婚したら、本気の恋に落ちました
　著：朝来みゆか／画：涼河マコト
アブノーマル・スイッチ～草食系同期のＳな本性～
　著：かのこ／画：七嶋いよ
才川夫妻の恋愛事情～７年じっくり調教されました～
　著：兎山もなか／画：小島ちな
エリート弁護士は不機嫌に溺愛する～解約不可の服従契約～
　著：御堂志生／画：黒木捺
処女ですが復讐のため上司に抱かれます！
　著：桃城猫緒／画：逆月酒乱
拾った地味メガネ男子はハイスペック王子！ いきなり結婚ってマジですか？
　著：葉月クロル／画：田中 琳
入れ替わったら、オレ様彼氏とエッチする運命でした！
　著：青砥あか／画：涼河マコト
社内恋愛禁止 あなたと秘密のランジェリー
　著：深雪まゆ／画：駒城ミチヲ
聖人君子が豹変したら意外と肉食だった件
　著：玉紀 直／画：黒田うらら
ピアニストの執愛　その指に囚われて
　著：西條六花／画：秋月イバラ
フォンダンショコラ男子は甘く蕩ける
　著：ひらび久美／画：蜂不二子

29 歳独身レディが、
年下軍人から結婚をゴリ押しされて困ってます。
青砥 あか［著］／なおやみか［画］

魔界の貴公子と宮廷魔術師は、真紅の姫君を奪い合う
私のために戦うのはやめて!!
かほり［著］／蜂 不二子［画］

喪女と魔獣　呪いを解くならケモノと性交!?
踊る毒林檎［著］／花岡 美莉［画］

宮廷女医の甘美な治療で皇帝陛下は奮い勃つ
月乃ひかり［著］／ゆえこ［画］

少年魔王と夜の魔王　嫁《い》き遅れ皇女は二人の夫を全力で愛す
御影りさ［著］／なま［画］

王立魔法図書館の［錠前］は淫らな儀式に啼かされて
当麻咲来［著］／城井ユキ［画］

復讐の処女は獣人王の愛に捕らわれる
白花 かなで［著］／さばるどろ［画］

身替り令嬢は、背徳の媚薬で初恋の君を寝取る
怜美［著］／みずきたつ［画］

お求めの際はお近くの書店、または弊社 HP にて！
www.takeshobo.co.jp

MOON DROPS
〈ムーンドロップス〉
好評既刊発売中！

王立魔法図書館の［錠前］に転職することになりまして
当麻 咲来［著］／ウエハラ蜂［画］

異世界で愛され姫になったら現実が変わりはじめました。
兎山 もなか［著］／涼河マコト［画］

狐姫の身代わり婚 ~ 初恋王子はとんだケダモノ!? ~
真宮 奏［著］／花岡 美莉［画］

平凡な OL がアリスの世界にトリップしたら
帽子屋の紳士に溺愛されました。
みかづき紅月［著］／なおやみか［画］

怖がりの新妻は竜王に、永く優しく愛されました。
椋本 梨戸［著］／蔦森 えん［画］

数学女子が転生したら、
次期公爵に愛され過ぎてピンチです！
葛餅［著］／壱 コトコ［画］

魔王の娘と白鳥の騎士
罠にかけるつもりが食べられちゃいました
天ヶ森 雀［著］／うさ銀太郎［画］

舞姫に転生した OL は砂漠の王に貪り愛される
吹雪 歌音［著］／城井 ユキ［画］

S系厨房男子に餌付け調教されました
２０１８年１１月２９日　初版第一刷発行

著……………………………………………………… 水城のあ
画……………………………………………………… 蜂不二子
編集………………………… 株式会社パブリッシングリンク
ブックデザイン……………………………………… おおの蛍
（ムシカゴグラフィクス）
本文ＤＴＰ……………………………………………… ＩＤＲ

発行人…………………………………………………… 後藤明信
発行……………………………………………… 株式会社竹書房
〒102-0072　東京都千代田区飯田橋２－７－３
電話　03-3264-1576（代表）
03-3234-6208（編集）
http://www.takeshobo.co.jp
印刷・製本……………………………… 中央精版印刷株式会社

■本書掲載の写真、イラスト、記事の無断転載を禁じます。
■落丁・乱丁があった場合は、当社までお問い合わせください
■本書は品質保持のため、予告なく変更や訂正を加える場合があります。
■定価はカバーに表示してあります。
© Noa Mizuki 2018
ISBN978-4-8019-1669-2　C0193
Printed in JAPAN